스펙테이터

BBULMEDIA FANTASY STORY

Sper Tator

스펙테이터

약먹은인삼 퓨전 판타지 소설

〈완결〉

Contents

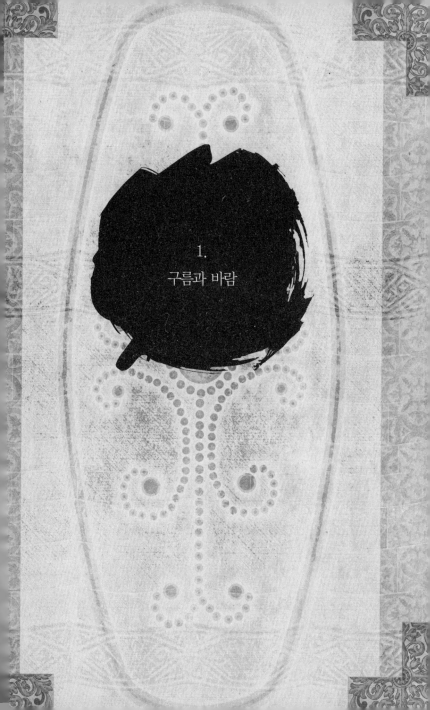

1.
구름과 바람

　새의 부리와 발톱이 있고, 튼실한 몸과 창을 쥔 손
은 인간의 것이었다. 마치 사원을 지키는 문지기처럼
늘어선 석상들 너머에는 단상이 자리했다.

　절벽을 움푹 파서 만든 듯한 가장 깊은 곳. 그곳의
석상은 새 머리의 석상과 차별되리만큼 거대했다.

　머리는 뱀이고 등에는 날개가 있되 우스꽝스럽게 배
가 불룩하게 나온 용의 석상이었다.

　"저 녀석이 열쇠 지기 같네요."

　뚱뚱한 용 석상의 이마와 가슴에는 투명한 보석이

있었다. 희뿌연 구름이 일렁이는데 수투트 산에 흐르는 구름의 모양과 정확하게 일치했다.

저 보석을 얻으면 산 정상의 구름을 걷어낼 수 있다는 의미일 것이다.

—지혜로서 오르겠는가. 엎드려 절하라.

—힘으로서 오르겠는가. 앞으로 나오라.

짙은 구름이 형상을 빚었다. 아울러 좌우의 석상들이 빙글 돌며 목소리가 울렸다.

문자와 언어를 해독하는 고요의 정신 스킬이 없었다면 무슨 말인지 한참 고민했을 것이다.

"고대의 수수께끼보다는 힘이 좋겠죠?"

[단순한 길이 가장 확실한 법이지.]

둘이 앞으로 나갔다. 여섯 걸음을 내딛자 석상들로부터 먼지가 풀썩거렸다.

육중하고 거대하기 그지없는 조인족의 석상이 품에 안고 있던 창을 뻗었다. 나락 쓸기처럼 바닥을 훑는 것도 있었다.

에일락 반테스가 정면에 권을 때렸다. 공기를 매질하며 나간 충격파가 바위 창을 분쇄하고 와류처럼 휘감으며 석상을 으깼다.

실란 역시 힘에 힘으로 대응했다. 오면서 몇 번 핀
잔을 들었지만, 여전히 체내의 혈력을 극대화하여 팔
을 기형적으로 크게 늘리더니 곰처럼 휘둘렀다. 찔러
오는 창을 후려친 뒤 그래도 회전하며 석상의 다리를
부쉈다.

기우뚱하며 쓰러진 석상의 대가리를 짓이기는 것으
로 종료였다.

[기술을 연마하라고 했건만 왜 거듭 힘으로 가느
냐?]

"거인형 몬스터 백 명의 혈력이 몸에 있잖아요? 이
를 다루고 쓰는 편이 몸에 가장 알맞아요. 우선 힘에
익숙해지고 기술을 더할 생각입니다."

[순서를 바꿔야 경지에 오르기 쉽다.]

"기술적인 부분은 아버지가 다 해결해 주실 테니까
요. 소통의 힘을 믿거든요. 실란 미세란스와 다른 딸
의 부탁인데, 설마 외면하실 건가요?"

허허, 웃고 말았다.

[이거야 원. 나를 이용하겠다? 예전의 노력하던 딸

은 어디 갔는지 모르겠구나.]

"그땐 인정받고 싶어서 열심히 하였지만 지금은 누가 뭐래도 버리지 않으실 테니까요."

말하며 자신의 가슴을 가리키는데, 권속이 되며 심령이 연결됐음을 언급하는 거였다. 증명할 수 있는 확실한 계약서처럼 유대감이 이어지자 실란이 제법 어리광도 부렸다.

"이번엔 살아도 같이 살고, 죽어도 같이 죽을 거예요."

어려울 때의 묘책이 아닌 든든한 울타리와 중심이 되는 원칙이 되어 주는 이. 하나하나 명성을 떨치기에 부족함이 없었던 5성 장군이 그의 부재에 쉽게 흔들린 것은 그만큼 크게 에일락 반테스를 신뢰한 탓이었다.

감성적이었다.

'혈력의 역할도 지대했을 테고.'

혈기왕성이라는 말을 새삼 실감했다. 좋은 정보이기도 하다. 후일 다른 부하를 만들 때 쓰임에 따라서 혈력과 기력, 마력의 비율을 어느 정도로 할지가 중요해졌다.

크기만 큰 석상들은 허울 좋은 허수아비에 지나지 않았다. 파죽지세로 돌파하니 남는 것은 돌 조각과 잔해일 따름이다. 단상 앞에 도달하여 구름이 일렁이는 뚱뚱한 용과 눈을 마주했다. 용의 입이 벌어졌다.

—나는 계단을 잇는 자, 사브나크. 순례자를 천상으로 인도하는 이이다. 천상계의 문을 열려는 자, 힘을 증명해야 하리라.

[어떻게 증명하면 되지?]

—나를 쓰러뜨리면 된다. 패배하면 그대는 오만의 대가로 죽음을 맞이하리라.

[간단하군. 좋다.]

에일락 반테스가 가만히 검을 뽑았다. 용의 보석 역시 색을 달리하더니 뭉실뭉실거리는 짙은 구름을 토해냈다.

[라홀 일족 같은 녀석들이 또 있군그래.]

시린 광검이 번쩍였다. 십자형의 빛살은 용의 석상을 세로로 가르고 일대를 수평으로 잘랐다.

쩍 갈라진 구름 너머, 석상이 두 쪽 나더니 사방으

로 금이 가며 와르르 무너져 내렸다. 흙먼지 자욱한 너머로 실란이 룬을 수습했다.

피식 웃는 건 그녀 역시도 마찬가지였다.

"쟨 뭘 믿고 저렇게 둔하대요? 설마 기다려 줄 줄 알았나?"

[고대인들의 예식은 그랬을는지도 모르지.]

"멍청하네요."

거창한 등장과는 다르게 너무나도 초라하게 무너진 그 속에서 옥과도 같은 모양의 룬을 손에 넣었다. 그러자 짙은 수투트 산의 구름이 출렁였다.

구름 사원 이후의 목표는 바람 사원이었다.

맞은편에 자리한 그곳 역시 널빤지가 있는 줄다리와 암벽을 등반하여야 도착할 수 있었다.

하지만 한 짝이 되는 구름 사원이 붕괴된 탓일까. 기습적으로 끝장을 봐서일는지도 모르겠다.

바위 재질의 구름 사원과 달리 나무로 만들어진 바람 사원은 칼날 같은 바람이 감돌았다. 이윽고 대문의 양쪽 손잡이를 잡아 확 당기는 순간, 문 틈새로 어마

어마한 바람이 삽시간에 몰아쳤다.

내부에는 붉고 노란 원색의 깃발과 천이 세차게 나부꼈다.

그 순간, 손잡이를 잡고 있던 실란의 양팔이 찢어질 듯 벌려졌고 무방비 상태의 그녀를 강력한 바람이 강타했다.

하염없이 날아가던 실란이 채찍을 풀어서 내질렀다. 꼿꼿하게 뻗어 간 엑탈렘 채찍이 나무문에 콱 박히고 그녀의 몸은 연처럼 펄럭이며 휘둘렸다.

"아으! 진짜!"

짜증을 버럭 낸 그녀가 흔들리는 몸에 반동을 주어 위로 크게 솟구쳤다. 그리고 송곳처럼 발끝을 세워 땅에 추락하듯 착지한 뒤 네 발로 땅을 긁으며 전진했다.

[이거, 나는 또 안중에도 없군그래. 시야가 저리 좁아지니 원.]

중력으로 중심을 딱 잡아 주려고 했던 에일락 반테스가 어색해질 만큼 동물적인 반사 신경이었다.

그간 지장(智將)이라 불리고 진두지휘에 재능을 보

였던 그녀가 천둥벌거숭이처럼 행동했다.

그렇다고 성격이 아예 저리 변한 것도 아니었다. 제국군과 전초전을 벌일 때는 누구보다도 냉정하게 군을 지휘했었으니 말이다. 아직 재롱 보듯 구경해도 좋은 수준이었다.

그즈음 몰아치는 바람 속에서 은밀한 살의가 느껴졌다.

[바람의 시험은 꽤 음험한 편이로고.]

왼손으로 검을 뽑았다. 역수법으로 그란디움 발베란을 든 그의 허리가 왼쪽으로 감겼다가 탄력적으로 비틀렸다.

좌하방으로 땅을 긋던 검극이 예리한 파공성과 함께 번쩍이는 검광을 방출했다.

몰아치는 바람 사이로 강철을 꽈서 만든 듯한 억센 기류가 썩둑 잘렸다. 소름 끼치는 비명을 토한 무형의 괴물은 응축된 바람의 뱀이다.

나부끼는 깃발과 천 사이에서 은밀하게 날아든 자객이었다.

사원까지 일직선으로 전진하던 실란이 고개를 홱 돌

렸다.

"계속 막아 주세요! 이번엔 제가 보스를 해결해 볼
게요."

바람 사원의 단상에는 팔짱을 끼고 있는 거인의 조
각상이 있었다. 하반신에는 득실득실거리는 뱀들이 자
리했는데 그중 한 마리가 당한 것에 불과했다.

최하 사십 마리는 되는 뱀들이 스멀스멀 바람에 녹
아들었다.

정면의 바람에 대항하면서 뱀까지 상대하긴 곤란하
다고 실란이 판단한 거였다. 이들 역시도 가고 말고
할 것 없이 뒤에서 광검만 써도 해결할 수 있다. 하지
만 딸이 해 보겠다는데 그 바람을 안 들어 줄 건 또
뭐랴.

[신체 변이보단 가능하면 이걸 쓰거라.]

기둥에 박혀 있던 채찍을 뽑아서는 그녀의 앞으로
던졌다. 비검술처럼 날아간 채찍이 정확하게 그녀의
앞에 박혀서 파르르 떨렸다.

동그랗게 손가락을 말아 보인 그녀가 채찍을 잡고는
몸을 왼편으로 굴렸다.

잘린 뱀의 꼬리가 펄떡펄떡 뛰었다. 그럴 때마다 단 방향으로 쏘아지던 사원의 바람이 좌충우돌하는 격류로 바뀌었다.

한편, 뱀의 꼬리가 그런 결과를 초래하는 동안 입을 쩍 벌린 머리는 호시탐탐 에일락 반테스를 노리고 있었다.

일격에 자기 몸뚱이를 갈라 버린 그의 검을 조심하는 것이었다. 견제하며 적의 주력을 잡아 놓는 식이니 꽤 괜찮은 방법이었다.

[이번 륜의 괴수는 좀 쓸 만하군.]

그래 봐야 검술에 토막 나는 건 어쩔 수 없었다.

차근차근 전진하는 실란과 뱀들을 확실하게 처리하는 에일락 반테스다. 어느덧 근접한 실란이 혈광을 뿜어 대며 채찍에 혈력을 가득 응축시킬 때였다.

―나는 스탐바르. 천계의 문을 지키는 자.

눈을 번쩍 든 상반신의 거인이 반투명한 색채를 띠었다. 부는 바람에 따라 이지러지며 점점 그 크기를 확장시켰다. 실란이 단번에 채찍을 휘둘러 이를 휘감았으나 거센 폭발에 흩어진 바람은 다시 모여 형체를 갖췄다.

　—사브나크의 마지막을 보았다. 그가 전하기를 그대들의 자격을 엄중히 시험해 달라더군.

　사원보다도 더욱 거대해져서 산 정상을 가릴 정도가 되었다. 거대한 조짐에 실란이 재빨리 뒤로 물러나 에일락 반테스의 옆에 섰다.

　"그래서 앙갚음이라도 해 볼 생각인가요? 시험을 바꿔서?"

　스탐바르가 공간을 쩌렁쩌렁 울리는 소리로 대답했다.

　—힘의 시험은 계속된다. 패배의 대가 역시 죽음. 하나, 이번엔 결코 쉽게 통과할 수 없으리라.

　스탐바르가 입을 벌렸다. 윤곽을 보이던 거인의 상체가 급격히 부풀며 거칠게 몰아치던 대기가 진공 상태로 확 바뀌었다. 숨을 확 빨아 마시는 탓에 몸이 앞으로 쏠릴 지경이다.

　[내 뒤에서 틈을 노리거라.]

　중력으로 실란을 안정시킨 에일락 반테스가 전면에 섰다. 중요한 것은 다음이다. 빨아 마셔서 진공 상태까지 돼 버린 저 숨을 단번에 토할 테니까.

어검술로 빵빵하게 부푼 흉부를 꿰뚫을까도 생각했지만 예의 주시하는 스탐바르의 시선을 느끼곤 그만두었다.

검이 움직이는 기미. 힘을 쓰는 느낌만 받아도 바로 숨을 내뱉을 요량임을 느낀 것이다.

에일락 반테스는 대신 환혼력과 갑옷을 공명시켜서 언제든 빙하의 검류를 펼칠 태세를 갖췄다.

'면은 점에 꿰뚫리게 마련.'

제아무리 많은 양이라 할지라도 응축과 회전을 가미한 검류에는 무용할 따름이다.

직선상으로 가로지르며 치명상을 입힐 생각이었다. 한데, 최대치로 빨아 마시고 입을 오므리고 있던 스탐바르의 몸으로 돌연 출렁이는 파동이 일렁였다.

형질의 변환이었다. 압축과 융합의 과정을 보이고 있었다.

[그놈보단 확실히 제법이다.]

구름의 룬으로부터 경고를 받은 탓인지 제법 행동하는 바가 기민했다. 만반의 자세로 카운터를 노리려던 에일락 반테스가 선공을 가했다. 그와 동시에 스탐바르 역시 입을 쩍 벌렸다.

가득 들이마셨던 숨이 와락 토해지며 전방위를 휩쓰는 태풍이 작렬했다. 광검처럼 선형성을 이룬 바람이 섞인 모습이었다.

에일락 반테스의 검 역시 창창한 빛을 뿜어 댔다. 충격의 여파로 산허리가 무너지며 사원마저 박살이 났다. 그러나 그 덕분에 사원 뒤편의 벽에 있던 자그마한 램프 하나가 드러났다.

"이런~ 핵이 들켰네?"

눈사태가 이는 와중에도 홀로 떠올라 자리를 고수하는 그것을 실란이 보지 못할 리 없었다. 각력을 강화하곤 우회 기동하여 뛰어들었다.

흘러내리는 눈과 바위를 밟고 채찍으로 이따금 자세를 고정하여 도약하는 그녀의 움직임은 민첩했다.

여기에 특유의 전장 파악 능력이 더해졌다. 치솟는 듯하더니 내려앉고 몰아치는 칼바람을 병사들의 움직임처럼 해석한 것이다.

복잡다단한 경로 속에서 규칙성을 간파해 낸 실란이

강물을 거슬러 오르는 연어처럼 움직였다.

앞을 내다보고 간발의 차로 모든 것을 빗겨 낸다. 제아무리 복잡해 보인다 하여도 자연적인 흐름은 환경을 해석함으로써 예측할 수 있다.

의도적인 의외성이 더해지지 않는 한 얼마든지 이용 가능하다. 이를 스탐바르가 모를 리 없었다.

숨을 토해 내던 스탐바르가 양손을 움직였다. 두 손바닥이 싹둑 잘려서 따로 놀 듯 그의 팔에서 사라지더니 실란의 양옆에 나타났다.

납작하게 만들 듯이 마주쳤다. 에일락 반테스가 슬쩍 보고는 손을 뻗었다.

[어디 나를 앞에 두고 여유를 부리는가.]

벼락이 치는 듯 굉음이 울렸다. 검류를 뿜어 대며 때린 그의 일권이 대번에 스탐바르의 손을 터트린 것이다.

충격파가 대기를 굴절시켰다. 거기서 그치지 않고 원거리에서 대수인을 발현하더니 그대로 손을 맞잡고 힘겨루기에 돌입했다.

─역시 보통 인간이 아니었구나. 아니, 이질적인 이

힘은? 설마!

[눈치챘나? 하나, 이미 늦었다.]

경악하는 스탐바르가 소리치는 사이, 무심한 검류가 짓쳐 들었다.

팽팽하게 힘겨루기를 하던 도중에 일어난 촌극이었다. 깜짝 놀란 스탐바르가 다시금 숨을 확 토했지만 좁혀 든 거리를 다시 벌리기란 쉽지 않았다.

환혼력 특유의 냉기가 그의 얼굴에 스며들었다. 스탐바르의 피부랄 수 있는 칼날 바람 겉면에 은색의 환혼력이 머무르며 얼음 가루가 휘몰아쳤다.

그 탓에 본연의 날카로운 위력이 줄어들자 실란의 침투가 한결 수월해졌다.

곧 침투에 성공한 그녀가 허공에 떠 있는 램프로 다가갔다.

이를 본 스탐바르가 숨결을 멈추고 머나먼 위를 올려다보며 외쳤다.

─사자(死者)들이여! 나는 쓰러지지만, 너희 역시 결단코 천상에 오를 수 없으리라!

얼리기 직전에 터뜨린 고함이었다. 미묘하게 사원을

구성하던 경계에 흐트러짐이 발생하는 것을 느낀 에일락 반테스가 더욱 힘을 주어 스탐바르를 제압했다.

실란 역시 램프를 향해 더욱 가열하게 나아갔다.

지키는 몇 마리의 뱀이 있었으나 발로 차고 주먹으로 찍어서 분쇄했다. 그러며 추락하는 상태로 채찍을 뻗어 램프를 거두었다.

그 순간, 스탐바르의 몸이 탁 멈추고 촛불 꺼지듯이 사라졌다.

목표를 잃은 환혼력만 하늘에 닿고는 차디찬 눈송이가 되어 내려왔다. 두 번째 열쇠의 확보였다.

그즈음 이변이 일어났다. 사원이 있던 자리가 뭉텅뭉텅 잘려 나가기 시작한 거였다.

뭔가 보이지 않는 거대한 입이 공간을 통째로 집어삼키는 모습과도 같았다.

추락하던 실란이 본능적으로 낙하하던 돌조각을 박차며 몸을 날렸다. 에일락 반테스의 어검술이 대번에 사원의 자리에 날아들었다. 순간, 물결치는 듯한 파형과 함께 유리창에 금이 쩍쩍 가듯이 균열이 발생했다.

"드래곤?!"

투명하게 드러나는 거대한 파충류의 머리였다. 차르
릉 하는 소리와 함께 거미줄처럼 쫙 퍼진 균열은 파도
처럼 발톱과 꼬리 끝단에까지 도달했다.

산봉우리보다 큰 괴수는 옛 서적에서나 나오는 불을
뿜고 이능을 쓰는 드래곤의 모습이었다.

천부의 일족이라는 이들에게 더욱 흥미가 돌았다.
저처럼 강력한 괴수를 어떻게 제압했는지, 속박하여
한낱 문지기로 쓰는지 호기심이 일었다.

위상 공간에서 활동하는 드래곤은 거세게 맞았음에
도 에일락 반테스와 실란을 공격하지 않았다.

고통에 잠시 미간을 찌푸렸을 뿐 여전히 사원의 자
리를 다 삼키고는 주위 경관까지 씹어 댔다.

에일락 반테스는 비밀의 시선을 사용하여 저편의 드
래곤을 보았다. 망자의 그것처럼 텅텅 빈 채 거울처럼
사물을 비추기만 하는 눈동자였다.

'노예구나.'

이지(理智)가 없다. 그 노예가 충실하게 자신의 일
을 하고 있었다. 천상에 오를 수 없노라고 외치며 사
라진 스탐바르의 뜻에 따르는 것이다.

[길을 없애고 있구나.]

에일락 반테스가 드래곤의 미간에 박힌 검을 고속 회전시켰다.

대번에 관통하여 뒤를 뚫고 나왔으나 드래곤은 아랑곳하지 않고 자기 일을 했다. 꼭두각시에 불과한 이 거대 괴수를 처리하려면 통째로 으깨 버리는 게 해법인 듯하다.

비밀의 시선으로 도달할 수 있을까 싶기도 했으나 위상 공간과 좌표라는 것은 생각만큼 녹록하지 않았다.

작정하고 감춘 곳에 잘못 진입했다가는 엉뚱한 우주 공간에 떨어졌던 월향처럼 자신도 엄한 곳을 떠돌 수 있었다.

지체할 것 없이 발테리아스를 사용했다. 번쩍 치솟은 환혼력으로 작두를 내리찍듯 드래곤의 목을 잘랐다.

회피하거나 다른 움직임을 보였다면 곤란했을 테지만 게걸스럽게 씹어 먹기만 해 대고 있는 드래곤인지라 베어 내는 데 큰 어려움은 없었다.

쾅! 하며 우그러뜨리고 재차 내려쳐서 토막 내었다. 과연 드래곤의 비늘답게 굉장한 방어력이었다.

차라리 이성을 두고 활동했다면 스탐바르보다 훨씬 무시무시한 수문장이었을 것이다.

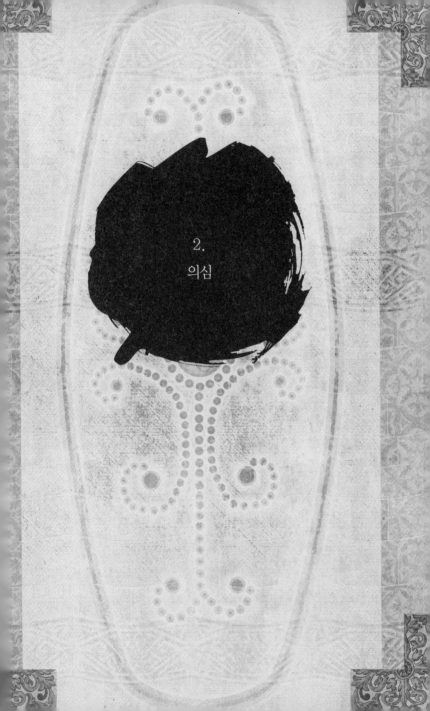

2.

의심

채찍을 이용해 아슬아슬하게 매달려 있던 실란은 푹
푹 빠지는 모래의 산을 등정하듯이 껑충껑충 뛰어선
사원이 있던 지반에 내려앉았다.

이빨 자국이 선명하게 나고 물웅덩이처럼 움푹 파인
그곳에서 램프를 들었다.

확보한 열쇠로 문을 찾으려 한 거였다.

"길의 상태는 어떤가요?"

문은 열 수 있을까 하는 물음에 에일락 반테스가 눈
을 가늘게 떴다.

육안으로 보는 것과 달리 비밀의 시선은 인근의 공간이 퍼즐처럼 조각조각 나 다른 접점과 이어지고 있음을 보여 주었다. 수만 개의 좌표가 무작위 설정된 거였다.

그가 고개만 살짝 돌려도 위치가 다시금 잡힐 만큼 변화에도 민감했다. 정말이지 잠깐 사이에 먹기는 엄청 먹어 댄 드래곤이었다.

[틈이 매우 좁다. 비집고 열려다간 좌표가 이지러질 테고.]

"우선 가져온 물건을 먼저 던져 넣을게요. 그 정도 틈은 되나요?"

[좋은 생각이다.]

실란은 인간들의 죄악을 증명할 물건들을 담은 가방을 챙기곤 입에 물었다.

치아로 꽉 깨문 상태로 램프와 구름 사원의 보석을 양손에 들었다.

그리고 에일락 반테스의 손짓에 따라 서서히 이동했다. 마치 수맥을 찾는 지관처럼 주의 깊게 움직였다.

에일락 반테스가 우두커니 한참을 응시하며 수만 조

각의 퍼즐 조각을 비교했다. 허공에 뜬 파편과 사원의 자리에 남은 조각을 대조하며 바늘귀 같은 단 하나를 찾았다. 그러다 손을 가볍게 쥐었다.

"여기요?"

위치는 확보. 다음은 높이의 차례였다. 두 개의 룬을 든 실란이 좌우 폭과 높낮이를 조절하기를 얼마일까. 이윽고 램프가 함께 공명하였다.

"애먹이네요."

안도의 숨이 비로소 나왔다. 다른 자리에서는 반응하지 않던 두 개의 룬이 비로소 반응했다.

작은 정전기가 번쩍번쩍이더니 뇌전에 휩싸이고 그녀의 몸이 서서히 떠올랐다. 점차 중력에서 자유로워졌다.

마치 부력으로 편하게 움직이는 것처럼 몸이 허공을 헤엄칠 수 있게 된 것이었다.

실제로 수투트 산의 정상에 있던 구름이 눈에 잡힐 듯 내려와 있었다.

공기가 전해질이 되어 팔다리를 허우적대면 얼마든지 자유롭게 헤엄치듯 날아다닐 수 있었다. 천상계에 오르는 작은 문틈이 실란의 눈에 보였다.

황금빛이 가득한 너머의 공간이다. 이른바 인류가 이상향으로 꿈꾸는 화려하고 아름다운 그곳을 향해 실란이 고개를 확 내렸다가 위로 힘껏 올렸다. 반동으로 치솟은 가방이 저편 공간으로 쏙 들어갔다.

깔끔하게 들어갔으니 이제는 차선책의 차례였다.

강제로 눈으로 보고 확인한 저 틈을 벌려서 몸을 비집어 넣는 시도였다. 실란이 보석과 램프를 쥔 위치를 마음대로 바꾸어 보았다.

"한번 발동하면 문이 없어지지는 않나 보네요."

이를 위해 실란이 램프와 보석을 살그머니 갑옷을 벌려서 자신의 앞섶에 넣었다. 엑탈렘 갑주가 완력에 엿가락처럼 쭉 늘어지고 그것이 복원되는 사이 가슴에 보관한 것이었다.

이후 양손을 천상계의 문틈에 끼워 넣고 에일락 반테스를 불렀다.

[확실히 애먹이긴 하는구나.]

실란이 그 말에 웃었다.

정확히 그녀의 아래로 이동한 에일락 반테스가 수직

으로 상승하며 같은 위치를 점했다.

몸을 포개듯이 함께 선 채로 상하좌우로 잡은 둘이 힘을 불끈 주어서는 틈을 확 열어젖혔다. 그리고 우려했던 상황이 일어났다.

수문이 열린 것처럼, 전후좌우에서 물밀듯이 세찬 물살이 느껴진 것이다. 황금빛의 문틈은 강제로 열리기 무섭게 와장창 깨어지더니 먹물처럼 뚝뚝 떨어졌다. 삽시간에 일어난 공간 전이였다.

반사적으로 서로 등을 맞댄 실란이 채찍으로 혈력의 막을 일으켜 막고 에일락 반테스 역시 그녀의 방어 외적인 모든 방위를 검막으로 보호했다. 그러다 누가 먼저랄 것 없이 이를 멈추었다.

"이런 일이 있다니……."

하늘이 검은색의 바다로 변해 갔다.

아래의 풍경이 티끌만큼 멀어지고 하늘이라는 공간에 층층이 나뉘더니 구름 위로 거대한 생명체들이 헤엄쳤다. 깊디깊은 해양에서 산다는 거대 괴수나 고래들 같았다.

다만, 차이는 명백했다. 저 높은 맑은 물에서는 생

명체들이 다녔고 에일락 반테스와 실란이 자리한 낮은 층에서는 언데드들이 즐비하다는 부분이었다.

시뻘건 귀화를 안광으로 뿜어 대며 뼈마디만 남은 죽은 것들이 헤엄쳐 다녔다.

붉은 안광 탓에 검붉은 바닷속의 풍경이 을씨년스럽게 보였다. 흥미롭게 한참 보던 실란이 입을 벙긋하였다. 그러나 말 대신 들어오고 나가는 것은 뿌옇고 혼탁한 유기물 덩어리들이었다.

'살아 있는 이들이면 숨이 막혀서 죽었겠어.'

눈을 마주하고도 의식하지 않고 지나는 저 괴수들 역시 동족을 알아본 탓이라 생각됐다.

대화법을 실란에게 알려 주고자 소통의 지혜를 전수할 필요는 없었다. 심령으로 연결된 탓에 충분히 그녀의 의념이 전해졌다.

"꼭 말이 필요한 건 아니었군요. 그래도 인간성을 상실하지 않으려면 본래의 습관을 버리지 않는 편이 낫겠지만요. 그런데 여긴 어딜까요?"

[다른 세계의 심해 같구나. 천부의 일족이 연결해 둔 나름의 함정이겠지.]

바다를 구경한 적은 없으나 에일락 반테스는 이상현의 기억으로, 그가 배운 과학과 생태학을 통해 이곳이 깊은 바닷속과도 같은 환경임을 알 수 있었다.

그의 기억으로 한 영상이 스쳤다.

거대한 고래가 죽으면 수많은 생명체가 뜯어먹고 뼈는 밑으로 침잠했다. 그리고 빛조차 들어서지 않는 깊은 바닷속 생명체들.

눈이 퇴화하여 앞을 볼 필요조차 없어진 그것들은 적막한 어둠 속에서 저마다 생태계를 구성하고 생존하는 영상이었다.

높은 압력과 한 점의 빛도 없는 환경이 만들어 낸 기괴한 형태의 해양 생물이 살아가는 장소. 그 공간이 심해이고 지금 에일락 반테스와 실란이 있는 곳이었다.

"빛이 깊은 물까지는 통과하지 못한다? 그럼 저 위의 밝은 것은 해가 뜬 거겠네요. 보고 와도 괜찮을까요?"

[이곳은 내 능력으로 충분히 오갈 수 있겠다만, 왜지?]

수투트 산의 위치를 명확히 본 터라 언제든지 출입구를 확보한 상태였다. 나아간 만큼 다시 이곳을 통해서 돌아오기만 하면 됐다.

하지만 이미 목적은 달성하였다.

천부의 일족이라는 이들을 보고 직접 확답을 듣지는 못했지만, 그들에게 갈 방도는 이미 사라졌고 목표한 바는 완수했다. 사브나크와 스탐바르라는 륜을 협박하는 일은 통할 리 없었다.

저들이 어떻게 만들어졌는지 알 수 없으나 시험하고 문을 관리하는 것이 사명인 건 틀림없다. 그러니 외려 깨웠다간 더 기이한 일을 벌여서 이곳 자체의 틈을 꽉 틀어막을 수도 있었다.

즉, 뭐로 보나 낭비다. 이런 에일락 반테스의 물음에 실란이 묘한 대답을 했다.

"호기심이랄까요? 세상을 두루 살피는 것도 나쁘지 않다는 생각이 드네요. 어찌 보면 저나 아버지나 너무 전쟁터에서만 살았으니까요."

작은 조짐이었지만 에일락 반테스는 바로 인지했다. 그녀의 말에서 느껴지는 향기는 월향의 것이었다.

정확하게는 이상현이 그녀에게 강제로 내린 명령이다. 세계를 두루 여행하고 스스로 자아를 찾으라는 지시와 그에 따른 행동이었다.

얼핏 생각하면 새로운 세계와 현상을 보았으니 호기심과 관심이 생겼다고 여길 수도 있을 것이다.

그러나 그는 어릴 때부터 나아가 성장하기까지의 실란을 모두 곁에서 지켜보고 직접 가르친 이였다. 아울러 원한 맺힌 망자의 복수가 얼마나 처절한지 역시 잘 알았다.

그런 마음이 여행하고 궁금해하는 마음으로 녹아내린다?

이는 세계의 기본 법칙과 맞지 않는 부분이었다. 복수를 끝내고 난 후 저런 반응을 보인다면 또 모를까.

'기억은 분명히 배제했는데, 소통을 통해서 엄한 마음이 흘러 들어간 걸까.'

일그러진 륜의 효능은 에일락 반테스 역시도 현상을 통해 감히 짐작할 뿐이다.

모름지기 모두 파악했다고 함은 제작과 동시에 현상을 원하는 만큼 이루어 낼 수 있을 때 쓰는 말이기에 그는 일그러진 륜에 각별히 더 주의해야겠다고 마음먹었다.

'어찌 보면 륜과 동기화하며 본체의 생각이 나를 잠식하는 탓일 수도 있겠구나.'

자신과 제 가족의 행복만 있으면 오롯이 만족해 버리는 그릇과 한과 바람을 짊어진 에일락 반테스 본인의 염원은 분명한 차이가 있다.

이상현이 신뢰의 펠마돈으로 계약하였듯 자신 역시 다섯 명의 부장을 종속시킨 여파일 수도 있으리라.

그는 은연중 닮아 가는 것을 넘어서 하나로 동일시되는 이상현과의 연결고리를 차분히 되짚었다.

원한으로 되살아난 저들을 뜻밖으로 승천시킬 수도 있는 탓이다. 스킬과 극의의 올바른 전수를 위해 그가 일그러진 륜에 집중하였다.

여기서 한 번 암전(暗轉)이 한번 왔다.

이용택과 월향이 있는 섬에 도달할 즈음이었다.

나는 이 부분을 다시금 되돌려서 확인했다. 재차 보았으나 보이는 현상은 똑같았다.

상영되던 영화관에서 아주 잠깐, 화면이 꺼졌다가 다시 켜지는 것과 같았다.

"뭔가 있었는데……."

연결고리가 끊어졌던 걸까? 하지만 그렇게 추측하기에는 다소 위화감이 있었다.

아주 잠깐의 간극을 두고 에일락 반테스의 기억과 영상은 꾸준히 이어지는 탓이었다. 아마도 깊이 자신의 내적 세계에 침잠하는 까닭에 무아의 상태인지라 저리 표현되지 않았나 싶었다.

그러나 미심쩍은 마음과 불안 탓인지 그 구간을 거듭 반복하며 예의 집중하였다.

'문제는 없다.'

이미 진즉 보고 거듭 확인한 부분이었다. 이어지는 장면은 심해에서 언데드들을 일깨우고 대규모 병력과 거대 병기를 가진 채 전쟁에 돌입하는 거였다.

그런데 기분이 참으로 묘했다. 작은 느낌이 들기는 하는데, 그게 뭘까.

간질간질한 곳이 있는데 여기저기 긁어도 막상 시원하지는 않았다.

정보가 명확하게 정리되지 않아서 생긴 일이었다.

지혜 능력치가 떨어지는 문제이니 이는 유나나 이블린에게 물어보면 해결되는 일이기도 했다. 물론, 그녀들보다 더욱 확실하고 완벽한 해답이 내게는 있었다. 바로 두 손을 맞잡고 임시로 각성 상태에 돌입하는 거였다.

잠깐이긴 하지만 이 힘이면 나는 모든 의문의 해답을 알 수 있다.

그러나 적잖게 저어됐다. 앞에서 펼쳐지는 저 영상을 의심한다는 건, 다른 누구도 아닌 에일락 반테스를 믿지 못한다는 것과 마찬가지였다.

'혹시나 하는 마음이 불화의 씨앗이 되게 마련이지.'

믿을 땐 전부를 믿는다. 실패의 가능성 역시 내 책임이니 감수할 일이다.

이런 내 가치관에 따르면 신뢰의 대상이자 나와 한 몸이나 마찬가지인 그를 경계하는 짓은 그 자체가 배신이나 마찬가지였다.

그런데 왜 마음이 쓰이는 걸까.

조금만 더 생각하기로 했다.

왼편에 까맣게 비치는 화면을 둔 채 나는 오른쪽에 이어지는 영상을 틀었다. 눈은 두 곳을 모두 아울렀지만, 마음은 왼편에 대부분이 쏠린 상태였다.

❈　　　　❈　　　　❈

에일락 반테스와 실란은 하늘 위에 펼쳐진 바다를 탐방하는 중이었다.

이미 생긴 그녀의 호기심이라고 이유 없이 들어 줄 에일락 반테스가 아니었다.

하늘의 바다라는 공간상의 이점과 육상과는 다른 새로운 형태의 언데드들을 전략적으로 쓸 수 있으리라는 판단으로의 조사였다.

여기에 스팔라베와 천부의 일족을 자극하는 최소한의 계획이 이미 달성했다는 사실도 한몫했다.

조금은 여유를 피워도 괜찮았다.

"여기 난파선이 있네요."

몸을 움직이며 균형을 잡고 점검하는 등 몸과 지리

를 익혀 나가던 실란이 에일락 반테스를 불렀다.

수평으로 섬처럼 떠다니는 응어리진 뼈 무더기가 있었는데 산호초처럼 자라 있는 그 틈새에 배의 용골이 있었다.

흐느적거리는 기에 새겨진 문장은 이 난파선이 어느 한 가문의 소유물임을 증명했다.

그뿐 아니라 다른 배의 흔적도 뼈 무더기들 사이에서 더 발견하였다.

말의 발굽 같은 인장에 새의 발톱. 날카로운 칼의 문양이 흐릿하게 남아 있는 깃에는 고도로 압축된 마력이 진한 잔향을 뿜어 댔다.

배의 형태와 모양새를 보니 대략 어떤 이들이 이용했는지 가늠이 됐다.

[이곳도 사람 사는 곳이긴 마찬가지군.]

크기와 모양은 조금 다르지만, 직립보행을 하는 인간 형태의 종이 만든 배였다.

하늘 위니 어쩌니 해도 세력과 소속이 나뉘어 있고 저들끼리 경쟁하는 관계인 듯하다.

이를 난파선의 문장들이 증명했다.

"어딜 가나 역시 인간들이 문제예요."

확인되지도 않았지만 갈등과 다툼의 소산은 모두 그들 탓이라고 일축하는 그녀였다.

실란은 지층처럼 군데군데 처박힌 뼈와 난파선 일부를 뽑아냈다.

순간, 그녀의 양팔이 하나는 위로, 하나는 땅으로 꺼질 듯이 쫙 벌어졌다. 놀란 그녀가 아귀에 힘을 줘서 당길 만큼 극명한 차이를 보였다.

"무게가 왜 이러지?"

거인의 피를 농축하여 부활시킨 실란의 팔이 휘청일 정도로 뼈는 무거웠고 반대로 나무는 가볍기 그지없었다.

그런데 웬걸. 가까스로 가슴까지 뼈와 나무를 당겨 잡노라니 이번에는 양팔이 확 벌어지는 것이 아닌가.

마치 자극의 같은 극이 서로 밀어내듯 극렬하게 뼈와 난파선 일부에 파동이 인 것이었다.

실란의 어깨 관절이 빠질 만큼 튕겨 나가는 그것을 에일락 반테스가 거머쥐었다.

스산한 환혼력이 뼈와 난파선 일부의 충돌에 끼어들

고 서서히 포개진 둘의 손이 합쳐졌다.

그때 환혼력에 밀린 난파선 조각에서 총성이 일듯 폭발하는 소리가 일었다. 그리고 단단한 돌이 뽑혀 솟구쳐 버렸다.

[네가 잡아 보아라.]

지시가 떨어지기 무섭게 개구리처럼 펄쩍 뛴 그것을 실란의 채찍이 혈광을 번뜩이며 찍어 눌렀다.

마침내 잡힌 손톱보다도 작은 돌은 에메랄드색 파동을 진동하듯 뿜어냈다. 각인된 정교한 문양을 타고 흐르는 마력의 향연이 실로 이채로웠다.

"호류암이 있었으면 좋았을 뻔했네요."

[이 돌이 배를 띄웠나 보군.]

우선 부유석이라고 부르기로 했다.

"그런데 하늘 위에 바다가 있다니. 혹시 계속 위쪽도 바다일까요?"

[뒤집힌 원뿔을 생각하면 된다. 수투트의 정상을 문으로 삼고 위로 확산하는 모양새지.]

밀도가 아래는 높고 위는 가볍다. 자연스럽게 적응한 생명체의 모습도 달랐다.

에일락 반테스는 실란에게 이를 알려 주며 위쪽으로 이동해 보았다.

과연 조금씩 마력을 통째로 먹고 내부 기관조차 없던 몬스터들이 심층수를 벗어나는 순간 사라졌다.

중층으로 오르자 투명도와 결집도가 급증했다. 에일락 반테스는 유영하며 더 위를 보았다.

심층에서는 마력들이 부유물들처럼 뿌옇고 혼탁한 모양새다.

그러던 것이 중층에서는 해류처럼 흐르며 생명체들의 양분이 됐다. 이를 먹고 자란 동식물들은 가히 영물이나 마찬가지였다.

물고기를 한 마리 잡아서 배를 쑥 누르면 동그란 구슬을 내뱉을 정도다. 응집된 속성력이 넘실거리는 것 말이다.

그리고 수면에 가까운 저 위쪽에는 흐르던 마력이 결정처럼. 하늘의 별처럼 반짝이고 있었다.

점차 수위를 높여서 이윽고 평범이라는 말이 절로 어울리는 해수면을 넘으려다가 외마디 비명을 질렀다.

수면 자체가 강철의 벽이라도 된 양 딱딱했다. 투명

하게 넘실거리는 천장이었다.

"세계가 배척한다는 게 이런 거였네요."

[정화라는 편이 낫겠다. 말 그대로 부정한 것을 깨끗하게 하는 힘이구나.]

강한 압력으로 밀쳐 내는 위쪽 공기가 묵직했다. 에일락 반테스 역시 이를 넘지 못했지만 역시 일그러진 륜을 시작으로 손부터 내밀자 나갈 수 있었다.

물 바깥으로 얼굴을 내밀고 바깥 공기를 맞이하였다.

그러자 조금씩 천천히 몸이 떠올랐다. 마치 공기가 주입되는 풍선이 머리 위에서 크기를 불려 나가기로 하는 듯했다.

바람의 흐름이 흐릿흐릿하게 눈으로 보였다. 마치 얇은 개울가의 투명한 물이 흐르듯이 손끝에 와 닿는 감촉마저 있었다.

숨을 들이쉬자 꼭 뭉실뭉실 피어오른 연기를 한껏 들이켜는 기분까지 들었다.

그 찰나, 재차 암전(暗轉)이 나타났다.

'뭘까. 도대체 이게 뭐지? 암호? 내게 보내는 신호?'

고민을 거듭하게 된다. 드문드문 보이는 이 짧은 노이즈는 대관절 무엇일까? 한번 피운 의심의 싹이 조금씩 자라났다.

검게 물든 짧은 기억에 신경이 쓰이고 그 마음은 더욱 커져만 갔다.

그러며 내심 부정했던 불안감을 알 수 있었다. 확인하면 돌이킬 수 없을까 봐 저어하는 이것은 경계심과 긴장, 그리고 두려움이었다.

"그가 나를 적대하는 건 아니겠지?"

아닐 것이다.

본신과 분신의 관계가 아니랴. 나의 성장은 물론 시작부터 끝이랄 수 있는 모든 것을 함께한 이가 에일락 반테스였다.

내 경험의 대부분이 사실 상 그로부터 연원했고 그 덕분에 이룩한 것이나 마찬가지다.

이용택이 과분한 맞수였다면 에일락 반테스는 스승이었다.

실제로 그의 깨달음으로 이용택을 성장시키기까지 했다.

나보다도 더 나를 잘 아는 존재였다. 가장 중요한 건, 그가 나를 적대할 아무런 이유가 없다는 데 있었다.

그런데 왜 이딴 게 자꾸 생기는 걸까?

세상 그 누가 와도 두렵거나 하진 않았다.

펠마돈과 일그러진 륜이 내게 있는 까닭이다. 그리고 에일락 반테스는 펠마돈 급의 무력과 일그러진 륜을 모두 소유한 이였다.

확인할까, 말까.

'접속할 수 있는 상태였어.'

내가 차분히 관람하는 것이 과거일 따름이다.

분명히 종족 전쟁 중인 현재의 에일락 반테스에게 나는 접속할 수 있었다. 들어가면 그의 몸과 통제권은 자연히 내 것이다.

이 관계는 명명백백하며 절대적인 진리였다.

그는 내게 종속되었고 나를 통하여 활성화된 아바타가 분명했다.

마음에 결단을 내리고 스스로 어리석음을 책망하고
자 잠시 손을 맞잡았다.
　곧 인지와 인식의 지평이 확대되며 영상 속의 흐름
이 무한히 가속했다.

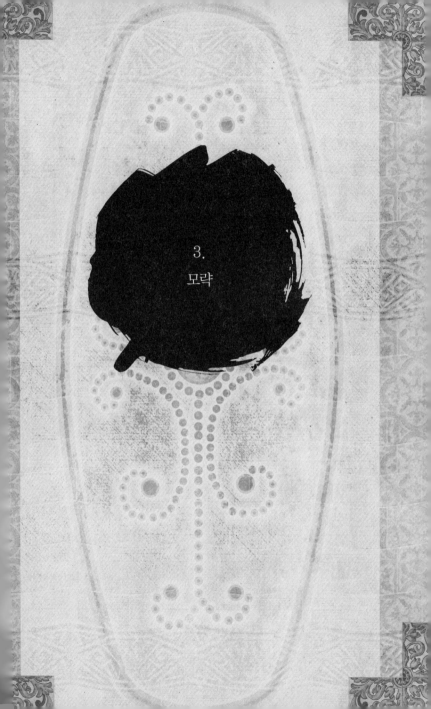

3.

모략

바다 위의 공기는 부력을 내포하고 있었다. 마시며 몸을 채울수록 차츰차츰 몸이 가벼워졌다.

법칙이 다른 새로운 세계였다. 서쪽과 달리 대륙 동쪽은 마치 미완의 대지 같았다.

상공을 유영하는 저 생명체들을 해양생명체라고 해야 할까, 하늘을 나는 맹금류라고 해야 할까.

무엇이라 해도 틀리지 않을 그것들은 몬스터가 아닌 매끄러운 비늘과 깃털을 가진 동물의 형태였다.

에일락 반테스는 숨을 모두 내뱉으며 부유하려는 몸

을 가라앉혔다. 그리고 자신이 본 광경을 실란에게 공유해 주었다. 한참 응시하던 그녀가 물었다.

"여기서 더 동쪽으로 가면 세계의 끝이라도 나타나는 게 아닐까 모르겠네요. 스팔라베엔 신이 없다고 했었으니 세계의 동쪽은 신들이 없고 서쪽은 신들이 있어서 이런 걸까요?"

[반대일 게다. 이미 물리적으론 완성된 세계에 초월했다는 이들이 간섭하여 이렇게 흐트러진 것 같구나.]

"돌아갈 때 지시랏트에 들르면 확인할 수 있겠네요. 아버지의 격이 신들 못잖으니까 분명히 그때 만드신 얼음 계곡에도 이곳과 같은 변화가 있을지 몰라요."

그 말을 끝으로 그녀의 관심은 다시금 아래로 향했다. 자신은 오를 수 없다는 사실을 새긴 뒤 즉각 할 수 있는 영역 내에서의 즐거움을 쫓은 것이었다.

단연 그녀의 관심은 복수와 전쟁으로 원점 회귀했다.

부지런히 쓸 만한 뼈의 위치를 찾았다.

좋은 재료를 써야 강력한 병사가 제조된다. 이를 위해 부단히 찾던 중 달박달박하게 괴수들이 뜯어먹고 있는 시체 하나를 발견하였다.

목 윗부분이 없는 그것은 드래곤이었다.

천부의 일족으로 가는 길을 씹어 먹다가 에일락 반테스에게 목이 잘린 괴물은 허연 뼈를 보이는 상태였다.

"날 수만 있다면 최강의 병기일 텐데."

[마력으로 보조한다면 가능할는지도 모르지.]

꽤 시간을 허비한 것은 머리를 찾는 일이었다. 그래도 충분히 투자할 만한 가치 있는 노동이었다.

몸을 한번 뒹굴기만 해도 어지간한 성 하나는 풍비박산 낼 드래곤 시체다.

자잘한 것들을 강화하는 데 쓰는 노력보다 드래곤의 뼈를 여러모로 합성하는 편이 나았다.

둘은 드래곤의 뼈를 수투트 산과 바다의 경계로 옮긴 뒤 아래로 던지고 부활시켰다.

예상대로 몸을 일으킨 드래곤의 뼈는 움직이기는 했지만 앙상한 날개를 제아무리 휘저어도 날 수는 없었다.

이를 비행하게 하기 위해선 에일락 반테스가 끊임없

이 마력을 공급해야만 했다.

그렇다 해도 이만한 결전 병기를 또 어디서 얻겠는가.

이들은 크게 만족하며 용을 탄 채 서북서 쪽으로 향했다. 지금과 같은 방식으론 대륙의 인종들 전체의 공분을 사기 십상이기에 연합 전선을 펼치기 위한 언데드의 종족화를 할 차례였다.

'테살도르처럼 제국에 합류하는 국가가 점차 늘어날 터.'

끌어들였으니만큼 이종족들을 한데 아우를 필요가 있었다.

죽은 자들이라는 공공의 적이 아니라면 종족 간의 대립으로 확장시킬 수 있다.

여기에 나아가 언데드 자체를 부러워하게 하면 목표는 초과 달성이다.

그렇기에 이들이 생각하고 자식을 낳으며 번성할 수 있게 할 필요가 있었다.

만약, 부활한 육신으로도 인간과 똑같은 감정과 지식, 삶을 영위할 수 있다면 언데드는 저주가 아닌 축

복의 종족이 된다.

질병으로부터 자유롭고 배고픔은 만족을 위할 뿐이
며 마음에 들지 않는 신체는 얼마든지 떼었다 붙일 수
있다. 즐거움을 위하여 영생을 누리는 죽지 않는 몸.
이를 위해서는 지금처럼 썩어 문드러지며 본능만 남은
것이 아니라, 죽은 자에게 맞는 진화를 이루어야 했
다.

"기적이나 마찬가지인데, 어떻게 가능한 건가요?"

[북해의 몬스터 중에는 번호를 새긴 특수한 것들이
있지. 그들에게는 진화의 씨앗이 있다. 이를 빼앗아서
양산한 뒤, 각각의 키메라로 재탄생시킨다.]

이상현의 행적에서는 여러모로 쓸 부분이 많았다.
그러는 한편, 대륙에는 그의 명을 수행하는 부장들의
활약이 진행 중이었다.

4성 장군 뮬락, 에일락 반테스의 부장으로서 핏빛
호랑이라는 명호로 알려진 그는 사기충천한 상태였다.

충성심으로는 둘째가라면 서러워할 만큼 그에게 대
장군은 신앙의 대상과도 같았다.

그런 에일락 반테스가 죽음에서 돌아와 제국 멸망을 천명하였다.

이 얼마나 기쁠쏘냐. 그야말로 섶을 지고 불에 들어가라고 해도 눈 하나 꿈쩍 않고 따를 그에게 확실한 지시와 명령까지 떨어졌다.

타락한 불의 하급 정령들로 마음껏 산천초목을 태우라는 것이었다.

검은색의 피부 탓에 외면당하던 그를 일으키고 능력까지 더하게 해 준 이가 대장군이다.

뮬락이 신명을 다하여 이를 수행하는 건 당연한 일이었다.

처음에는 물까지 다 증발시키려고 했었다. 그런데 불의 하급 정령들이 무한 증식되는 마석을 들고 물속에 들어갔더니 수온이 높아지며 급기야는 펄펄 끓었다.

자신의 몸이 푹 삶아진 고기처럼 익어 버릴 지경이다.

그렇다고 '아무 곳이나 뜨거워져서 증발해라' 는 심정으로 강물에 던졌다간 어디로 떠내려갈지 알 수가 없는 노릇이다.

"시차를 두고 원하는 곳에 불을 지를 수도 없고."

말하는 대로 딱딱 알아들을 만큼 타락한 하급 불의 정령들은 영리하지 못했다.

하지만 다른 어떤 것보다는 불에는 즉각적인 효과가 있었다. 꺼뜨리면 그만이지만 그전까지 입히는 상해는 그야말로 파괴 그 자체다.

"뛴다."

마을 하나를 깡그리 없애며 마법처리가 된 불연소재 의 천을 챙겼다. 여기에 하급 불의 정령들을 천이 빵 빵해질 만큼 가득 차면 단번에 던졌다.

그러면 하나씩은 폴폴 피어오르며 들키기에 십상이 었던 산불이 그야말로 하늘을 매캐하게 만들 만큼 치 솟았다.

뮬락은 이를 들고 다니며 그야말로 미친 듯이 내달 렸다.

자신의 완력이 닿는 한도 내에서 하급 정령들을 던 지고 불을 내는 통에 그의 동선을 따라 산림이 벌거숭 이가 되고 산짐승은 물론, 인간들과 다른 모든 생명체마저 큰 손해를 입었다.

그러던 뮬락의 달리기가 멈춘 것은 제국 서쪽의 덴딜라이온 요새에서였다.

두 무리가 싸우고 있었다.

"왜 싸우지?"

맡아진 것은 비릿한 혈향이 그득했다.

인간의 것과 몬스터의 피가 섞여 있는 전장의 한복판은 그야말로 증오가 가득했다.

그 가운데 뮬락이 가장 좋아하는 냄새도 섞여 있었다.

"이 비열한 놈들아! 언데드가 들끓고 몬스터가 난리를 치는 이 판국에 불을 놓고 다녀? 정말 인간이기를 포기한 종자들이구나!"

버럭버럭 고함을 치는 이들로부터 문신술의 향내가 진동했다.

제국의 군대고 제국인이 틀림없었다. 이들과 대치한 이들은 덕지덕지 살덩어리들과 매캐한 독연을 피워 내는 어보미네이션을 전면에 내세운 흑마법사들이었다.

제국군의 공격을 마법으로 방어하고 반격하며 이들

역시 냉소했다.

"미친놈들! 차라리 솔직히 우리를 박멸하고 싶었다고 말해라. 되지도 않게 산불이 뭐? 내 암흑신 스코타티 님에 대고 맹세하거니와 그따위 수작은 부리지 않느니라!"

"그 거짓말에 넘어가 준 게 몇 번인지 아느냐? 재해 가운데 네놈들의 던전이 수도 없이 발견됐는데 헛소리를 해?"

"이런 정신 나간 놈들 같으니. 그러면 던전을 산골 계곡에 파지, 제국 땅 한가운데 숨겨 두랴! 사방팔방이 죄다 불탔는데 왜 그 책임을 우리한테 돌리는 게야!"

쩌렁쩌렁한 대답이 오가자 잠시 격렬한 충격음도 잦아들었다. 그러나 그들의 격전에 다시금 불똥이 튀는 데는 오래 걸리지 않았다.

"꺼지지 않는 암흑 불이 증거로 나왔는데도 그러는군! 덴딜라이온에 방화를 저질렀잖느냐!"

"그건…… 사고였고!"

"좋은 핑계다. 확증된 건 사고고 나머진 아니다?"

"이런 시펄!"

욕설과 함께 코웃음을 친 이들이 번쩍 하얀색 섬광을 비췄다.

먼발치에서 구경하던 뮬락이 눈을 가렸다. 신성력의 빛이었다.

덴딜라이온의 주력 군대 면면은 고위 사제로 구성된 부대였다.

상대가 융합 생명체인 키메라와 흑마법사들이라는 사실을 잘 알고 구성한 이들이었다.

한데 그 면면에 남성들이 아닌 여성들이 다수 섞인 모습이었다.

헌신의 신인 베뉴스의 사제들이었다. 뮤테르가 형제의 교단이라면 베뉴스는 자매의 교단이다.

여성 위주로 구성되어 있고 란티놀 제국이 아닌 서부의 왕국, 체르보의 국교였다.

지배하고 통치하는 남성적인 란티놀 제국과는 모든 것이 다른 곳이다. 왕은 신의 뜻을 받들어 다만 관리할 뿐, 실질적으로는 노예도 없고 귀족도 없는 나라.

베뉴스의 아래로 모두가 평등하다고 주장하는 곳이

체르보다.

"그렇다면……."

이를 본 뮬락의 머리가 팽팽 돌았다. 피에 대한 흥분부터 제국군에의 증오도 넘쳤지만, 전황에 대한 파악은 장수로서의 기본이다.

상대적으로 다른 이들보다 지략이 부족하지만, 현재 상황이 어찌 됐는지 모를 정도로 그는 무식하지 않았다.

방화범으로 제국에서는 자신을 쫓다가 흑마법사들의 던전을 발견했고 가뜩이나 사이가 좋지 않은 저들이 충돌을 벌이고 있는 것이다.

언데드라는 공통의 특성 탓에 가뜩이나 대장군에게 밀리고 있는 제국이 더 신경질적으로 나섰을 터다.

"역시 대장군님의 예측대로로군."

패권주의인 란티놀 제국과는 근본부터 추구하는 이상까지 모조리 다른 곳.

그 탓에 항상 원수처럼 노려보던 이들이었는데 물과 기름처럼 섞이지 못할 것 같았던 저들이 한자리에서 함께 흑마법사들을 사냥하고 있다.

에일락 반테스가 언데드의 탈을 벗어야 한다고 계획한 뜻이 다 있었다. 뮬락은 저들의 추이에 주목했다.

신전 사제들은 그야말로 흑마법 방어와 대응에서는 프로페셔널이다.

반대로 흑마법사들 역시 사제들에 대해 빠삭하게 알고 있었다. 그만큼 찬트와 저주가 맞부딪치고 문신을 쓴 병사들은 키메라들과 맹렬하게 충돌했다.

"좋아, 아주 좋다."

여기에 슬쩍 참여하면 정말 괜찮은 상황이 연출될 건 그야말로 불을 보듯 뻔했다.

뮬락은 증식의 마석을 넣어 둔 마법의 천을 꽉 묶은 뒤 뒤편에 던져 두었다. 자신이 흑마법사들과 한 팀이라는 연출을 하기 위함이었다.

다음은 의지를 벼리고 힘을 응집시켰다.

다른 부장들과 달리 에일락 반테스가 꽉꽉 채워 준 혈력을 가장 잘 다루는 이가 뮬락이었다.

3성 장군 테올드는 사자처럼 날뛰면서도 문득 용병술을 발휘하여 상대의 전략을 간파하는 지략도 갖추었다. 다혈질로 보이는 외모에 속았다간 그야말로 큰코

다치게 된다. 반면 자신은 달랐다.

돌격, 무조건 돌격이며 상대의 전술도 힘으로 깨부수기를 즐겼다.

근접 전투가 몸에 맞기도 했거니와 타고나기를 그리 타고난 성정 탓이었다.

잦은 경험 덕분에 전황을 볼 줄 알 뿐, 여전히 단순 무식 과격이 가장 좋았다.

그렇게 이룬 그만의 극의가 바로 광기(狂氣)였다.

"내가 왔다! 암흑신 스코…… 님이 보내신 내가 왔다!"

꼬이는 이름을 대충 얼버무린 그가 엑탈렘 몽둥이를 들었다. 정교함은 없으나 십만 번, 백만 번을 휘두르며 완성한 그의 곤법이었다.

에일락 반테스 역시 '기초로 극의를 넘보는 일이 가능할 줄은 나 역시도 너를 보며 깨달았다' 하지 않았던가.

혈력의 극한으로 치달은 빛이 선홍색으로 번뜩였다. 몽둥이질에 혼신을 담아 후리자 핏빛 광채가 제국군을 향해 날아들었다.

적과 아를 구분하지 않는 기세가 파죽지세로 날아들었다.

송두리째 썰려 나가는 키메라들도 있었지만, 그 태반은 덴딜라이온의 기사와 사제들이었다.

"뭐냐!"

"적의 지원인가?"

횡으로 갈라 온 막대한 무력 탓에 잠시 소강 상태가 일었다.

거대 키메라들과 중갑 기사들을 펑펑 날려 버리며 뮬락을 향한 시선이었다.

흑마법사들까지 그를 경계하는 건 실로 당연했다. 그 모습에 뮬락은 전신을 가린 갑주 속에서 기괴하리만큼 크게 웃었다.

"위선자들이여, 꺼져라!"

이윽고 웃음을 딱 멈춘 뒤 펄쩍 뛰어서는 제국군을 향해 다시금 몽둥이를 휘둘렀다.

"흥! 네놈들이야말로 나락에 떨어져라."

뮬락의 몽둥이를 정면에서 맞대응하는 이가 있었다. 성광(聖光)을 뿜으며 마주치는 이는 여성 기사였다.

하얀 백마의 문신이 비치는가 싶더니 삽시간에 파고들며 방패로 뮬락의 몽둥이를 위로 올려쳤다.

고작 이 정도 방패술이야 힘으로 찍어 누르는 뮬락이었지만 지금의 한 수에는 제대로 대응하지 못했다.

번뜩인 성광이 정확하게 자신의 두 눈을 찌른 탓이었다.

그저 눈부신 정도라면 얼마든지 버틸 테지만 언데드라는 특성을 간과한 것이 문제였다.

염산을 끼얹은 듯했다. 투구 사이로 매캐한 연기가 피어오르기까지 했다. 자칫 뇌까지 익어 버릴 뻔했던 강력한 빛이었다.

"지저분한 것들 같으니."

상성의 문제였다.

"저주받은 놈들이군."

"어서 공격을!"

제국군이 끊어졌던 공세를 다시 이었고 흑마법사들은 아군임을 확신하고는 그를 보호하고자 했다.

"어느 마왕이 보냈는지 아주 골치 아픈 놈을 보냈군! 다크 실드!"

"저거 살렸다가 또 우리한테 몽둥이질하는 건 아니겠지?"

"이래 죽으나 저래 죽으나 매한가지! 저 연놈들한테 끌려가는 것보단 차라리 저 광전사가 낫소."

뮬락의 몸을 덮는 마법들이 신성력을 한결 누그러뜨렸다.

"진형 유지! 신무기를 사용한다."

대치하고 있는 정면에서 키메라를 두 쪽 내던 여인이 지시했다.

날렵하게 달라붙는 여성형 갑주를 입은 그녀. 중성적인 목소리에 진형이 바뀌었다. 선 굵은 입가를 씰룩인 그녀가 여성 사제에게 외쳤다.

"성역을 확장해!"

고개를 끄덕인 사제들이 성구를 읊고 합창의 노래를 불렀다. 이를 지켜볼 뮬락이 아니다. 확 나서려다가 뒤를 돌아보았다.

"어이, 너흰 뭐 없나?"

"우리 키메라들을 다 때려 부순 건 자네라고!"

"그게 전부였냐?"

지팡이를 들고 이들을 이끌던 중년의 흑마법사가 멋쩍게 머리를 긁적였다.

"저것들은 준비를 다 마쳤지만, 우린 부리나케 몸만 나온 처지라서……."

"연구소에 내 비장의 아티팩트가 있소."

"지금은?"

"없지."

기막힐 노릇이었다.

"아까 호기롭게 말하던 건 뭔가?"

"그냥 죽을 순 없지 않나. 뭐라든 나불거리기라도 해야지."

뮬락이 화통하게 웃었다. 이 녀석들 아주 웃긴 놈들이다. 마음에 쏙 들었다.

"그럼 뭐든 해 봐! 할 것 없는 놈들은 내 뒤를 따라와라!"

오판하기는 했지만 하는 수 있나. 가장 잘하는 걸 할밖에. 머리부터 발끝까지 혈력 덩어리라 그럴까.

닥치고 돌격하는 그의 스타일이 더욱 극대화됐다.

내친김에 갑옷이 팽창한 근육 모양으로 변할 만큼

그는 전신의 혈력을 왕성하게 운용했다.

진정한 혈력의 집중이며 폭주였다. 여기에 광기를 더하면 전투 준비는 그야말로 끝이었다.

전차처럼 내달리자 흑마법사들이 몇 남지 않은 키메라를 필두로 보조 마법을 쓰며 함께 달렸다.

"300명만 쳐 죽이면 끝난다!"

반월형으로 포위한 덴딜라이온의 군대는 고작 300명 언저리였다.

모양새는 암약하는 저들 무리를 요새에서 알고 포위 섬멸하려는 것으로 보였다.

사제 60. 전투 사제 100. 중갑병 80. 산악보병 200명. 그리고 생소한 무기를 들고 있는 군사에다가 길쭉한 독수리 모자를 쓴 이도 보였다.

제국의 기록관이라 불리는 인장관이었다.

독수리의 문신으로 무장한 놀라운 기동성을 자랑하는 인장관들은 전쟁 분석을 전문으로 한다.

그 탓에 전쟁에 승리하더라도 저들이 살아서 돌아가면 반드시 대응책을 마련해 온다.

필시 없애야 했다. 반대로 저들에게만 주목하다간

전쟁 그 자체에 패배할 우려가 있다.

여러모로 조심해야 할 이들이었다. 한데 저들 뒤쪽에 크고 넓적한 쇳덩이가 있었다.

뚜껑을 열고 둥근 물체를 꺼냈는데 이를 병사들이 나눠 쥐었다.

간혹 매끈한 물건에서 뾰족뾰족한 것들 등 별의별 물건들이 나오기도 했다. 그리고 그것이 던져지는 순간 신무기가 무엇을 말함인지 알 수 있었다.

철컥하는 소리에 이어 쾅! 하는 울림이 터져 나왔다. 길쭉한 것에서는 벼락같은 소리가 울리더니 달리던 뮬락의 머리가 쇳덩이에 맞은 듯 떵! 하니 울렸다.

짤막한 막대를 던지면 그것에서 작은 쇳덩이들을 무기지수로 쏟아 냈다.

폭발음이 수십 개 울리더니만 마법사들의 실드 마법이 파괴되고 이들의 키메라가 터져 버렸다.

혈력으로 강화한 뮬락은 깜짝 놀라긴 했지만 큰 피해는 없었다. 관통력이 대단했고 내부로 전해진 파괴력도 상당했지만 장수 급에게 위협을 줄 정도는 아니었다.

단, 흑마법사들에겐 천적과도 같았다.

"이게 뭐지?"

"으으. 대량살상 무기는 제 놈들이 만들면서 우리 탓만 하는구나!"

"마왕님만 계셨어도 이 꼴은 되지 않았을 터인데."

"배반자 퓰라 때문에 우리가 갈라지지만 않았어도!"

피 칠갑을 한 이들의 주검 파편이 곳곳에 널렸다.

뮬락의 본능이 대번에 제국의 신무기를 간파했다. 긴 막대기가 겨누는 방향을 주의할 것. 막대기나 둥근 투척 무기의 살상반경이 꽤 된다.

이는 터지기 전에 피하면 됐다. 그리고 가장 확실한 해법은 저 무기들이 아군을 딱히 가리지 않는다는 사실이다.

그렇다면 근접전이 답이었다. 기합과 함께 몽둥이질로 혈력을 과격하게 폭발시킨 뮬락은 적들이 움찔하는 찰나에 몸을 날렸다.

뒤이어 적병사의 머리를 으깨며 빙글빙글 몽둥이를 휘두르며 원을 돌았다.

핏빛의 소용돌이가 대번에 병사와 사제들 십여 명을

도륙했다. 도중 신성력에 맞아 갑주 사이로 연기가 피어오르기는 했으나 이쯤이야 재생하면 그만이다.

그즈음 기나긴 성구를 외운 고위 사제가 뮬락을 향해 준엄하게 외쳤다.

"그대의 악이 업으로 옭아맬지니, 악한 자여! 죄의 무게만큼 [천벌을 받으라]!"

마른하늘에 삽시간에 날벼락이 내리쳤다. 희디흰 백색 번개가 머리에 꽂히고 뮬락의 몸이 흠칫 떨렸다. 사방에서 옭아매는 빛의 사슬이었다.

"신성 정화주문, 턴 언데드다!"

"놈은 이제 끝났소. 최소한 절름발이가 됐을 터. 바로 소멸시킵시다."

뮬락을 막았던 여성 기사가 멈춰선 그를 노리고자 힘을 모았다.

준비 동작이 다소 필요한 강력한 공격을 가하려는 것이다.

그때 뮬락이 고개를 갸웃했다. 아무렇지도 않았다.

"천벌은 너희나 받아라!"

다가선 이들에게 재차 몽둥이가 날아들었다.

과일이 터지듯 머리가 바스러지며 피와 뇌수가 튀었다. 그럴수록 더욱 흉흉하게 날뛰었다.

자신만만하게 날뛰었던 고위 사제는 황망히 되뇌는 말이 유언으로 남았다.

"어찌 이럴 수가?"

"그 시간에 튀기나 해라."

위에서 내리찍자 머리뼈가 그대로 어깨보다 아래까지 들어갔다.

척추뼈를 가루로 만들며 기괴한 고깃덩이로 짓밟은 그가 다음 표적을 향해 몸을 놀릴 때였다.

멋들어지게 뛰었다가 착지하는 데 순간, 발아래에서 생경한 소리가 들렸다.

삑삑거리는 소리였다. 새가 지저귀는 것보다 몇십 배는 불쾌하여 고막을 찌르는 듯했다.

좁은 틈을 비집고 나오는 듯한 생전 처음 듣는 소리에 발을 떼는 찰나, 땅이 폭발했다.

뮬락의 몸이 치솟았다가 땅에 곤두박질쳤다. 몸 전체가 어릿거릴 만큼 막대한 데다가 매캐한 냄새마저 났다. 신무기라고 하더니 트랩 형태도 있었나 보다.

"제국이 많이 비겁해졌구나?"

대답 대신 콩 볶는 것과도 같은 소리가 들렸다. 무섭게 날아드는 것이 화살보다 빨랐고 길쭉한 막대를 겨눈 이로부터는 벼락 치는 소리가 연신 울렸다.

뮬락은 갑옷의 방어력을 믿고 육체의 힘으로 밀고 나갔다.

"쏴! 연사해!"

"저지력 외엔 소용이 없습니다!"

"쥐새끼 같은 놈들. 엑탈렘으로 저런 갑옷을 만들어 낼 줄이야. 어떻게 방어력을 끌어 올렸지?"

"그건 저놈을 잡아서 확인해 볼 일입니다."

"이 지긋지긋한 것들 같으니라고."

물을 만난 물고기처럼 활개 치는 뮬락. 그의 전투는 좌충우돌이었다.

정면으로 찍는가 싶더니 몸통 박치기를 행사했다.

때론 이마를 절구처럼 사용했고 날아드는 칼을 치아로 물어서 받아 내기까지 했다.

불리할 때는 아예 납작 엎드려 병사들의 몸을 덮개로 사용했다. 그리곤 이를 냅다 던져서 충돌시킨 뒤

시체를 방패 삼아서는 날아가 아수라장으로 만들어 버렸다.

위협적인 마력의 파동과 성광이 느껴질 때는 약삭빠르기가 이루 말할 수 없을 정도였다.

난전의 달인이었다.

이를 주시하던 여성 기사가 손을 번쩍 치켜들었다.

"포탑을 써라!"

신무기를 잔뜩 싣고 왔던 상자를 처박고 중심을 맞췄다. 뒤이어 뮬락에게 조준하고 마력을 주입하는가 싶더니 여성 기사가 칼을 내려쳤다.

거대한 구멍에서 무언가가 뮬락의 몸에 날아왔다. 한발 느리게 소리가 들릴 만큼 빠른 속도였다.

반사적으로 뮬락이 몽둥이로 후려쳤다.

거대한 쇳덩이가 날아온 방향으로 되돌아갔다. 반대로 역회전한 뮬락이 그 기세를 살려 접근했다.

이윽고 포탑이라는 쇳덩이를 부수고 이를 다루는 병사들 역시 모조리 참살했다. 문신술을 쓰기는 했으나 사지가 꺾이고 머리통이 으스러지는 데는 예외가 없었다.

그사이 흑마법사들은 알아서들 도주했다. 그러나 아무도 그들을 신경 쓰지 않았다. 야수처럼 날뛰는 뮬락을 상대하느라 정신이 없었던 탓이다.

뮤테르가 공격적인 태양의 신이라면 베뉴스는 헌신의 신이다.

지원하고 보조하는 힘으로 널리 알려진 만큼 적을 꿰뚫고 불태우는 힘은 부족하지만, 아군의 힘을 북돋고 적의 힘을 감소하는 효과가 탁월했다.

범용적이며 포괄적인 개념의 성력. 그렇기에 소수 강자에게는 무용지물이기까지 했다.

태양신의 교단이 강성하고 헌신하는 베뉴스의 교세가 미약한 이유였다. 하지만 하나만큼은 똑같았다.

극한 상황에 몰릴수록 더더욱 극대화되는 강렬한 믿음이었다. 행악자를 마주할수록 이들의 희생은 더더욱 빛을 발하였다.

엑탈렘 갑옷 사이로 연기가 점점 피어오르며 뮬락의 비명 섞인 고함이 연신 울렸다.

그러나 죽지는 않았다.

사태가 급박해지자 인장관들 역시 나섰다.

"지독하구나."

"반드시 저 광전사만큼은 없애야 하오."

"실험 단계의 매직 아머 역시 테스트해 보리다."

지금까지 파악한 정보와 기록물들을 사람에게 몰아준 그들이 전면에 나섰다.

기이잉―! 쉬이익―! 하는 고압의 증기가 쭉 빠져나가는 소리가 들렸다.

눈앞을 떡하니 막은 것은 키메라에 비견되는 거구의 강철 인형이었다. 뮬락으로선 자신이 죽기 전에는 정말 보지 못한 무기의 연속 출연이었다.

"별의별 것이 다 나오는군. 도대체 이건 또 뭐지?"

성에 장식해 놓은 모형 기사를 두 배로 확장한 듯한 모양새였다.

관절 부위에 파이프와 톱니가 드러나 보이는 인형이 뒤로 당겼던 팔을 움직였다.

드문드문 어색하고 삐걱이는 부분들을 문신과 마법의 언어가 보조하는 모양새였다.

"극비리에 연구 중이던 신병기다. 매직 아머라 하며 능력을 증폭시켜 주는 효과가 있지. 프로토 타입이라 좀 미숙하긴 하지만 나름 상대해 줄 만할 거다."

무덤까지 비밀을 안고 가는 인장관답지 않게 친절한 설명이었다.

이유는 물론 있었다. 뮬락이 날뛰면서 무너진 전열을 수습하고 그를 재차 사냥할 진을 준비하기 위함이었다.

하지만 제국군과 지난 평생을 싸워 온 뮬락이 이를 모를 리 없었다.

듣는 척 서더니 습격하는 호랑이처럼 달려들었다. 한숨처럼 인장관이 말했다.

"정말이지 광전사답지 않아."

강철 인형이 전진했다. 자세를 탁 잡고 앞으로 쑥 나오는데 그 동작이 실로 어색했다.

방향 전환이 어려워 보였다.

더군다나 힘겨루기라도 하려는 듯 양손을 내밀며 곰처럼 다가오는데 이걸 그대로 상대해 줄 이유가 없었다.

슬쩍 피하며 다리를 몽둥이로 걸었다. 그러자 와당탕 구르며 앞으로 나동그라지는 것이 아닌가.

흡사 아이가 무게조차 감당 못하는 큰 어른의 갑옷을 입고 뒤뚱거리는 모습이었다.

"놀리냐?"

뒤통수를 찍는 것으로 끝이었다. 그때 뒤에서 다른 매직 아머가 나타났다.

기합과 함께 와락 달려든 그것의 공격은 실로 기상천외했다.

공기압이 빠지는 소리와 함께 연신 전면을 향해 주먹이 당겨졌다가 뻗어지기를 초 단위로 반복하였다. 마치 두 개가 아니라 열 개의 주먹으로 전력을 다한 펀치를 날리는 모습이었다.

"뭐 이런 말도 안 되는!"

빨랐다. 관절이 회전하는 물레방아처럼 계속 돌았다.

양쪽의 주먹이 당겨지고 뻗는 단순 동작이었으나 핵심은 지나치게 빠르다는 사실. 소낙비를 때려 맞듯 뮬락이 초당 10회 이상의 주먹을 연거푸 막았다.

여기에 주먹 끝에 번쩍번쩍이는 뇌전의 문양이 있었다. 겹쳐서 맞을수록 충격이 누적되며 마비를 일으키는 모양새였다.

하지만 뮬락의 갑옷과 근육은 그 힘에 결코 부러지거나 넘어지지 않았다.

쇳소리가 연신 울리는 사이로 뮬락 역시 마주 주먹을 내질렀다. 나중엔 주먹과 맞닿으며 건틀릿이 찌그러지고 뼈가 드러났다.

매직 아머와 함께 인장관이 죽는 데는 오래 걸리지 않았다. 그는 숨이 넘어가면서도 어딘가로 보고했다.

"라벤둠에 보고. 1안, 기관이 정교할수록 마력의 단절이 심화됨. 2안, 사념체를 고정하는 방법 실패. 3안, 누적된 살의로 강화하는 방법은 최악. 오히려 적의 마력에 내부 기관이 급속도로 마모되었음."

피를 게워 내면서도 그가 뮬락을 보았다. 죽음과 고통에 대한 두려움은 어디에도 보이지 않았다.

"저항 마법진은 유효함. 이상, 인장관 877. 덴딜라이온 소속 3로 통제 관리자 말치스, 최종 보고."

이를 끝으로 먼 곳을 보며 읊조렸다.

"폐하께 영광을!"

뮬락의 주먹이 한 명의 목숨을 다시금 끊었다.

"이래야 제국이지."

투지를 잃지 않는 이 강인함과 목적을 위해 수단을 가리지 않는 잔인함.

여기에 영리함이 두루 갖춘 이들이 제국이었다.

괜히 에일락 반테스 사후 5성 장군들이 하나씩 잡힌 게 아니다. 그들로선 부족했을 만큼 이들은 강했다.

그즈음 뒤편에서 불길이 치솟았다. 바람도 없건만 저 홀로 이리 뛰고 저리 뛰는 불은 타락한 하급 불의 정령들이 일으키는 것이었다.

이전까지는 천에 가득 담아서 때마다 풀었는데 이번에는 포화 상태가 되어 저들 스스로 나온 거였다.

"역시 방화는 너희 짓이었구나."

"그 말을 듣는 게 아니었어요. 하여간 베뉴스의 사제님들은 착하셔서."

자리를 피한 이들이 그들인 만큼 오해받기 딱 좋았다. 그때 저들을 지휘하며 한 점 흐트러짐도 없던 여성 기사가 나섰다.

처음의 성광에서부터 방패술에 이르기까지 따지고

보면 기이하고 소리만 요란했던 신무기보다 더욱 신경 쓰이는 이가 바로 그녀였다.

"목표는 이미 서로 달성한 거로 보인다. 우리는 방화범의 정체를 확인했고 당신은 아군을 피난시키는 데 성공했지. 이쯤에서 잠시 거두는 게 어떤가?"

"이만큼 서로 죽고 죽였는데 물러설 수 있겠나?"

"전장에서의 죽음에 옹졸하게 복수를 부르짖지는 않는다. 아울러 전멸하는 것보단 낫겠지. 그대 역시 무사하진 못할 테고."

냉철한 판단력이었다.

사실 광기를 벼려서 초인 급의 무위를 보이는 뮬락이지만 일반적으로 필살기 급의 공격에는 제한이 컸다.

일찍이 에일락 반테스가 발테리아스를 두 번 이상 펼치지 못했듯이 육신의 한계 탓이었다.

이러한 정확한 상태까지는 알 리 없었지만, 초반의 광검을 아끼는 모습으로 능히 짐작해 낸 여기사였다.

그녀가 타협안을 제시했다. 옥쇄할 것이냐, 서로 살아서 후일을 기약할 것이냐였다.

그러나 한 가지 큰 오판이 있었다. 그녀의 분석은 살아생전의 것이며 합리적인 추론이라는 사실이었다.

에일락 반테스가 농축시킨 혈력과 구성해 준 육신은 저들의 상상 이상의 완성도를 자랑했다.

그가 공격하고자 하던 때였다. 여기사가 투구를 벗었다.

"난폭한 듯 보이지만 치밀하고 세련된 전투법이었다. 나, 브레나 도미누. 인정할 것은 인정하는 덴딜라이온 제2기사단장이다. 생애 마지막이 될지도 모르는 지금. 그대의 이름을 알고 싶다."

차고 있는 검은 물론, 주위 병사들까지 몸소 물리는 모습이었다. 흔치 않은 기사도였다. 예를 나름 중시한다던 그란시아가 멸망하며 조롱거리가 됐던 허례허식이다.

"승리가 곧 전부인 게 제국의 기사도 아니었나?"

"어디나 예외는 있지. 낭만도 그렇지만 마음을 보이는 덴 이만한 게 또 없다고 본다."

호기로운 여성에다가 정정당당하게 묻는 그 모습에 옛 흥취가 일었다.

남성적으로 짐짓 말하는 모습에서 오래도록 함께 지내온 실란이 연상됐다. 그가 저도 모르게 웃으며 대답했다.

"4성 장군 뮬락이다."

검은 그의 얼굴이 드러나자 브레나가 고개를 끄덕였다.

"역시. 전투술이 낯익다 했소. 그란시아는 잊혔으나 그대들의 기록은 우리 제국 기사들에게 큰 본보기가 되고 있기 때문이지."

영리한 여인이었다. 어째 자신에게 제국 기사답지 않은 허례를 보인다 했더니 저런 유추가 저변에 깔렸음이다.

뮬락의 입가에 하얀 치아가 보일 만큼 흔쾌한 웃음이 내걸렸다. 죽었어도 인정받는다는 건 생각보다 뿌듯했다.

한편 그의 수궁을 보고 저들이 놀랐다.

"핏빛 호랑이? 에일락 반테스의 부장!"

"설마 그란시아의 망령이 흑마법사들의 조종을 받는 건가?"

우후죽순 떠드는 이들에게 뮬락이 버럭 고함쳤다.

"저딴 쥐새끼들의 밑에 누가 들어가? 어떤 미친놈이 대장군을 모욕하느냐!"

치솟는 불길 탓에 눈동자까지 새빨개져서 보였다. 뮬락이 당장 몽둥이를 겨누고 응전에 태세를 갖추자 브레나가 얼른 말했다.

"실언이오. 이에 반응할 건 없지 않소?"

"닥쳐! 내가 황제를 모욕하고 뮤테르와 베뉴스를 욕해도 웃고 넘길 수 있나?"

이에 대답하지 못하자 뮬락이 대번에 몽둥이로 둘을 가리켰다.

조금 전에 떠들던 인원들이었다.

"둘만 내놔라. 그럼 된다."

"그럴 수 없소. 그대 역시 무사하지 못할 거요."

"으흐흐. 한 번 죽었던 나다. 두 번 죽지 못할까? 게다가 나를 안다면 내 최후도 알겠지?"

투구를 쓰기 전에 입가가 쫙 찢어지고 눈가가 쭉 올라가는 뮬락의 모습이었다.

"둘만 내놔. 그럼 물러가지. 단, 방해하면 싹 다 죽여 주마."

이를 본 브레나가 입술을 깨물더니 자신의 투구에 두 눈을 감고 경건하게 입맞춤했다. 뒤쪽으로 던지며 외쳤다.

"제국의 기사들이여. 흉성을 터트려라! 영광의 함성을 질러라!"

"폐하께 영광을!"

하나같이 투구를 벗은 기사들이 자신의 흉갑을 건틀릿으로 쳤다.

황성을 향해 짧게 예를 바친 이들은 이내 숨을 마시고 폐가 터져 나갈듯 몸을 키웠다. 그리고 꽉 누르며 아랫배를 후려쳤다.

"[광혼(狂魂)]!"

포효와 함께 짐승의 환영이 어렸다. 핏줄이 곤두서며 두 눈이 시뻘게졌다. 새겨진 문신술의 힘을 극대화한 폭주 상태에서 사제들의 찬트 역시 이어졌다.

옥쇄(玉碎)할지언정 결단코 굴복하지 않겠노라는 의지다.

이를 본 뮬락이 어깨를 들썩였다. 광혼이라는 저 기

술의 모태가 자신의 혈력 폭주의 기술이며 광기였다.
핏빛 기류가 갑옷과 몽둥이 바깥으로 넘실거렸다.

"이게 진짜 광기다."

2차전이 바로 시작됐다.

브레나에게 갈 것도 없이 사자 얼굴에 곰의 발톱을
형상화한 기사가 양손 검을 휘둘렀다.

그 순간, 내려치는 몽둥이 위에서 넘실거리던 혈력
이 초승달처럼 휜 샴쉬르가 되었다.

면으로 찍어 온 무기가 대기를 가르며 대번에 그의
정수리부터 쪼갰다.

동작은 같았지만, 형태의 변환으로 타격 포인트가
바뀌었다.

난전에서의 최고는 누가 뭐래도 의외성이다. 에일락
반테스가 괜히 무기의 원형이 되는 몽둥이 형태를 준
게 아니었다.

기초 골자로 필요 적절하게 형태를 달리하는 게 가
능했다.

뮬락의 퍼펙트 웨폰은 기둥이자 골조의 역할이면 충
분했다. 남은 형태는 쓰임에 맞게 혈력을 자유로이 변

형하여 사용한다.

여기에 갑옷이 늘어나리만큼 확장된 거대한 팔이 저들을 빗자루 쓸듯 쓸었다.

손바닥에 맞은 메뚜기들처럼 기사들이 튕겨 나갔다. 이어서 한 가지 기술이 더해졌다.

"내 용력의 진가를 보여 주지."

치솟던 피. 땅에 흥건하게 흐르던 웅덩이의 붉은 기운이 모조리 쓸어 왔다. 둥글게 빚어진 영롱한 피의 구슬을 뮬락이 꿀꺽 삼켰다.

"피의 지배? 저 기술은 뱀파이어의 전유물이지 않소? 뮬락의 정체가 인간이 아니었던 거요?"

"아니. 그는 틀림없는 인간이오. 몸을 해부한 기록까지 분명히 남아 있소이다."

"하면, 언데드로 되살린 것뿐만이 아니라 뱀파이어로의 변이까지 일으켰단 거요?"

"믿을 수 없군. 그건 일이 가능하다면 이건 재앙이외다."

"차라리 뮬락의 정체가 본래부터 뱀파이어였다는 편이 낫소!"

뮬락이 입맛을 다셨다.

"혈력을 다룰 줄 알면 전부 흡혈귀인 줄 아나?"

엑탈렘 갑옷 바깥으로 피의 갑옷이 나타났다. 혈관 다발이 이어져 펄떡이는 심장처럼 꿈틀거리는데, 그 모습에 본능적으로 뒷걸음질 치는 이들이 속출했다.

특히 마지막 남은 인장관의 놀라움이 가장 컸다.

"그 기술은 메그론의 것인데 어떻게 당신이 쓰는 거지? 설마 철벽의 학살자가 당신의 제자였었나?"

"그딴 놈 몰라. 이건 누구나 난전을 통해 성장하면 얻는 거다."

인간의 치아 역시 훌륭한 무기였다.

손과 발이 얽힌 상황에서 머리로 들이받는데 물어뜯기를 못할 이유가 어디 있으랴.

고된 전투 속에서 최고조로 활성화된 본능에 따라 이빨을 쓰기 일쑤였다.

여기에 현실적인 이유도 있었다.

식량은 부족했으나 반대로 전장에는 고기가 가득했다. 곡식이 아닌 시체이고 식수 대신 흥건한 피들이지만 굶고 지쳐서 죽는 것보단 낫다.

널린 인육을 당장 죽을 판에 마다할 이유가 없었다.

배를 채우고 힘을 쏟아 내며 채우기를 거듭 반복하였다. 그러며 혈력이 치솟고 소비되기를 반복했다.

그러다 알았다. 먹는 모든 것은 에너지원이 될 수 있다는 당연한 진리였다.

넣고 씹어서 삼키면 피가 되고 살이 된다는 의미를 뼈에 사무치도록 느꼈다. 그때부터 피는 생명력 그 자체가 됐다.

"본능에 맡긴다. 기술은 단순한 것을 연마하고 오직 단 하나, 때리고 부수며 먹는다. 이것이 내 혈력이고 나의 비밀이지. 용력은 말이야. 망설임을 버렸을 때 나온다. 몸이 박살 나는 걸 전부 내던지는 광기! 오직 그거면 돼."

광검지도는 억지로 사용하는 편이다.

폭발적으로 응축하여 강맹하게 쓸 수는 있었다. 위력 역시 나무랄 데는 없다.

그러나 자신의 본질을 묻는다면 뮬락은 핏빛 호랑이. 정확하게는 식인 호랑이라고 언제나 말하곤 했다.

"이런 내 비밀을 왜 아무도 모를까? 답은 알지?"

"생존자가 없기 때문이겠지."

"정답이야. 너희는 모조리 죽는다."

몽둥이를 양손으로 거머쥔 그의 손으로 핏빛 광채가 어렸다.

"산개 후 퇴각!"

짧은 명령을 내리고 앞장서서 뮬락을 막아선 저들의 투지는 실로 가상했다.

그러나 결과는 그의 예고대로 사냥당하는 것으로 종결됐다. 대신 시대가 달라지며 발달한 보고 체계 탓에 뮬락의 정보가 제국에 보고되는 건 막지 못했다.

3성 장군인 테올드는 제법 난감한 적수를 맞이한 상태였다.

그의 임무는 군사적 행동을 통한 도발이다.

이를 위해 대규모 병력을 할당받았고 제국 북부를 공격하고 적의 전력을 분산시키는 역할을 맡았다.

처음엔 매우 순조로웠다. 언데드라는 종족 특성을 적극 활용하여 인간이 살지 못하는 불모지로 만들었다.

나중엔 스켈레톤들을 전염병 시체에 뒹굴게 해서 적들의 마을과 성에 공성 병기처럼 쏘아 보내기까지 하니 저들은 싸워도 손해, 이겨도 2차적인 피해가 가중되곤 했다. 그러던 그의 행보가 말치온 요새에서 막혔다.

"죽지도 않았군, 늙은이."

정확하게는 제국 초인 중 한 명이 등장하면서부터였다.

느닷없이 시가전에 돌입했던 스켈레톤들이 박살 나기 시작했다. 일각이 무참하게 썰리더니 파죽지세로 밀리며 에일락 반테스가 특별히 강화시킨 스켈레톤 나이트들까지 바스러졌다.

놀랍게도 괭이와 부지깽이를 들고 휘저을 따름인데 일격을 버티는 이가 없었다.

"이런 머저리들을 봤나. 어차피 들어온 놈들이다. 집을 부숴서 벽을 만들어! 군진을 아는 새끼들은 죄다 어디로 튄 거냐! 너, 이 마르킨 백작 새끼! 당장 와서 대가리 박아!"

성주의 머리통을 후려갈기면서 일갈하자 그 기파만

으로도 삽시간에 군과 민이 하나가 됐다.

적들의 사기가 치솟으며 다시금 팽팽한 국면에 이르자 테올드가 병력을 물리며 그의 정체를 확인했다.

그리고 헛헛하게 웃고 말았다.

"어이, 형씨. 아사하기 직전인가? 많이 말랐군그래."

삐쩍 말라서는 대꼬챙이처럼 꼿꼿하게 선 노인이었다. 그러나 못 먹어서 허약하려나, 싶다가도 얼굴을 보면 이보다 이질적이기도 어렵다는 생각이 물씬 들었다.

허연 머리칼이 백사자의 갈기처럼 휘날렸고 눈동자는 세로로 쭉 찢어졌으며 이빨은 날카로웠다.

슬쩍 내비치는 혓바닥에 고양잇과 동물처럼 날카로운 돌기가 난 노인의 몸으로는 붉은 기류가 맴돌았다.

"이 깡통이 뭐라고 지껄이는 거냐?"

"사자왕이 이 변방까지 어찌 납셨나? 농사라도 짓나 보지?"

"말은 똑바로 해라. 짐이 은거 중인 곳에 네놈들이 나타난 것이니라. 근데 사자왕이라…… 오래간만에 들는 호칭이로고. 그건 내 손주 놈한테 간 건데."

황금사자의 가문인 슈탄베트.

황제를 지키는 무력의 상징이며 그 가문에 속한 이는 모두가 강골을 타고났다. 이전 가주인 컨템프 슈탄베트는 50여 년 전 그때, 한창 진검을 겨루던 전장의 호적수였다.

"가만가만. 흑마법사치곤 네놈 목소리가 좀 익숙한데? 그 깡통 좀 벗어 봐라."

손짓하자 테올드가 지체 없이 응대했다.

"그래. 반갑다, 노란 고양이. 아니지. 이젠 흰 고양이인가?"

"테올드? 그란시아의 그 테올드?!"

컨템프가 눈을 부릅뜨더니 손등으로 비볐다.

"그래. 이 몸이시다."

"얼음 덩어리 뒤에서 목숨 부지하던 그 건방진 애송이?"

"노망났나? 누가 뒤에 숨었다는 거냐!"

그 말에 껄껄 웃은 컨템프가 자신의 옷을 확 찢어발겼다. 그러며 뱃가죽과 등가죽이 맞닿을 만큼 깡마른 몸에 숨을 확 들이마셨다.

빼곡한 온몸의 흉터에 자리한 거대한 사자의 문신이 당장에라도 뛰쳐나올 듯하더니 꽉 쥐어짠 것 같은 몸뚱이가 탄탄해졌다.

바람 빠진 풍선에 공기를 주입하는 것처럼 극적인 변화였다.

"그래, 그 건방을 보니 맞긴 하구나! 크하하하! 이럴 수가. 정말 네가 맞단 말이지? 세상이 정말 재밌구나!"

샛노란 동공에 검게 세로로 찢어진 짐승. 그러나 몸에 무슨 짓을 했는지 백 년을 넘게 산 노괴물에게는 테올드 자신보다도 충만한 생명력으로 요동쳤다.

강철 같은 근육에 절로 문신을 형성한 수많은 흉터가 백전의 노장임을 증명했다.

"암! 그딴 식으로 죽어선 안 됐어. 시대를 불살랐던 너희가 그토록 허망하게 가서야 쓰나."

와락 달려드는 그에 맞춰 테올드 역시 주먹을 뻗었다. 폭음과 함께 땅에 착지한 그들이 희끗희끗하더니 재차 충돌했다.

땅이 움푹 꺼지더니 삽시간에 충격파가 흙먼지를 일
으켰다.

방어? 회피? 그런 것은 선택지에 없었다. 오직 공
격이다.

테올드의 연환 박투술이 슈탄베트의 근접 격투술과
충돌했다.

회전하는 톱날에 서로가 마모되듯 격렬하게 부딪치
는 그들 사이로 피와 빛이 휘날렸다.

숨조차 멈췄다. 말을 할 수가 없었다. 잘난 듯 기합
이라도 넣었다가는 그 사이 열 조각이 날 테니까.

그러다 두 손을 맞잡고 힘겨루기에 재차 돌입한 뒤
에야 대화가 오갔다.

"옥에서 들었다. 빼내려고 애 좀 썼다며? 하나도
성공은 못 했지만 말이야."

"법인지 뭔지 복잡해서 입만 산 놈들을 어쩔 수가
있어야지. 내가 할 수 있는 건 고작 너희를 죽여 주는
것뿐이었다."

테올드는 비식비식 웃었다. 자살의 기회를 놓치는
순간, 더럽게 튼튼한 몸뚱이 탓에 죽기도 버겁던 탓이

었다.

그러다 끝났구나 싶었는데 나름의 이유가 있었다고
한다. 매국한 왕국의 귀족들보다 전장에서 피 터지게
싸운 저들이 훨씬 가까운 이들이었다.

"전부 당신이 한 건가?"

"생각나는 얼굴들이 있을 텐데? 각자 끝냈었지. 그
게 적수에 대한 의리였다."

먹먹하게 전해지는 무언가에 테올드가 입을 다물었
다.

치솟는 발길질을 피한 그의 몸이 백스핀 블로우로
컨템프를 갈겼다. 이에 확 머리를 뒤로 젖혀 회피한
컨템프의 팔이 장전되듯 뒤로 당겨졌다.

오른쪽 주먹에서 황색 빛이 응어리지더니 연거푸 다
섯 번 파동을 발산했다.

테올드의 대응은 몸으로 버티며 그의 머리통을 찍어
버리는 것이었다.

옆구리를 때려 맞은 테올드가 고랑을 만들며 주르륵
밀려갔다. 내려치는 주먹에 납작 엎드리는가 싶었던
컨템프가 와락 땅을 잡더니 들어 올렸다.

지반 전체가 역전되며 테올드가 빙글 뒤집혔다. 회전문이 돌아간 듯 그대로 묻혔다.

"많이 약해졌구나, 애송이! 언데드 따위가 되니 고작 이 모양이더냐?"

컨템프가 껑충 뛰어서 테올드가 묻힌 자리를 쾅! 내리찍었다.

와드득 소리를 내며 땅이 분쇄되어 모래알처럼 허물어졌다. 그리고 그 속에서 거대한 손 하나가 컨템프의 발목을 움켜쥐었다.

"늙은이야말로 나이 들더니 시원찮아졌어."

거대화되어 괴력을 발휘하는 테올드가 컨템프를 장난감처럼 쥐고 뒤흔들었다.

땅에 찍고 반대편으로 처박기를 십여 번 하더니 땅거죽에 쫙쫙 긁어 대며 말치온의 내성에 집어 던졌다.

등부터 처박힌 그의 몸 뒤로 금이 쩍쩍 갔다. 사람 모양 그대로 사지를 벽에 파묻은 채 그가 미친 듯이 웃었다.

"평생 에일락 반테스만 따랐던 네놈들이니 한낱 흑마법사 나부랭이가 살리진 않았을 테지. 그렇다면 볼 수 있겠군. 에일락 반테스와 제자의 대결을 말이야."

"대장군의 제자? 그런 건 없다."

팔다리를 쑥 뽑아낸 그가 바닥에 착지한 뒤 단번에 테올드의 앞에서 섰다.

"아니, 있지. 가르테인이라고, 그의 검에 모조리 통달한 녀석이. 대대로 황제의 곁을 수호하지만 않았다면 능히 그와 검을 맞댈 수 있는 친구지. 지금쯤이면 자유를 얻었을 터. 볼 만하겠군. 가만있자, 이거 옛 동료를 불러 봐야겠어."

턱을 쓰다듬는 컨템프였다. 본격적으로 해 보려는 듯 등에 메고 있던 방패를 착용한 테올드가 기막힌 듯 혀를 찼다.

"설마 그 나이 먹도록 다 살아 있냐?"

"그때 신물이 나서 죄다 물러났으니 나랑 비슷한 처지일 것이다."

이를 들은 테올드가 입가를 비틀더니 아래위의 치아를 몽땅 드러내며 킬킬거렸다.

타인들에게는 시시껄렁한 얘기이고 대화로 보일 수 있으나 그들 간에는 달랐다.

예전부터 서로 한 걸음씩 무르자는 소리를 하기 전에 정보 하나씩을 내보이곤 했다.

"나도 나지만 형씨도 상태가 구질구질한가 보군?"

"망할 놈. 내 나이 돼 봐라. 곧 있으면 백 살이다. 눈치 보느라 먹는 것도 시원찮았단 말이지."

"제국 정치판이 어쩌 그 모양이 됐지? 일치단결, 절대복종이 란티놀 제국이었는데."

"바깥에 적이 없으니 안에서 다투는 거지. 이제 외환이 일어났으니 다시금 우리를 찾기는 하겠다만 말이야."

그리 말하다가 돌연 뒤에 대고 왁! 소리를 질렀다. 사자의 포효처럼 출렁이는 충격파에 그의 뒤편에서 전열을 다듬던 말치온의 생존자들이 주저앉았다.

반격하려는 것을 그가 느끼고 찍어 누른 거였다.

"전하! 왜 우리에게 그러십니까?"

"너절한 것들 같으니. 평소엔 죄수 취급하다가 지금 와서 뭐가 어쩌? 60년 전만 해도 너희 같은 놈들은 모두 즉결 처형이었다."

컨템프의 말에 테올드가 빈정거렸다.

"늙은 사자가 영 비리비리하단 말이지. 몸에 독도 가득한 것이 그대들 덕분일 테고. 정말 재밌다, 아주 재미있어! 그 제국이 속에서부터 곪아 가고 있었단 말이지? 그럼 지금이 병든 사자를 잡을 최적의 타이밍이겠구나."

"까불지 마라, 애송아. 내 비루한 몸뚱이만큼이나 네 녀석도 절름발이인 거 안다. 네 녀석의 전투 스타일이 언제부터 그리 무식했더냐. 그건 뮬락의 방식일 텐데 그렇게 싸우는 걸 보면 몸뚱이에 하자가 얼마만큼 있는 걸까나?"

방패를 거두었다. 하여간 예나 지금이나 눈썰미는 대단한 늙은이다.

혈력으로만 가득한 이 몸으로 과거의 무위를 발휘하기엔 여러모로 위화감이 컸다.

뮬락이라면 모르지만 테올드는 혈력과 기력의 조화로 대상의 내부부터 괴멸시키는 침투력으로 경지에 올랐었다.

상대의 방어를 무시하는 투과성 공격이다. 거친 외력도 막강하지만, 진짜 강자를 마주했을 때는 속부터 가루가 된다.

여기엔 기력이 필수다. 극한의 고문 속에서도 저들에게 헛된 정보를 넘겼던 테올드였지만 컨템프는 서로 너무 잘 아는 사이였다.

그가 넌지시 돌려 말하는 것은 자신의 기술에 대해 비밀을 지키겠다는 의도다.

이를 통해 테올드도 하나는 알았다. 제국의 내부 분열이 생각보다 매우 심하다는 사실이었다. 수긍한 그가 대군을 물리며 말했다.

"우리는 오직 대장군의 명만 따른다."

컨템프가 대꾸했다.

전쟁이 사라진 늙은 장수들의 행보였다.

"적마력, 청마력, 광성력."

"사막부터 바다에다가 봉인지까지?"

각기 저주라 불리는 힘들이었다.

인간의 출입을 금하는 북극의 호감처럼 육체 변이는 물론, 내부의 마력까지 모조리 변이시키는 탓에 태반이 목숨을 잃곤 했다. 그곳에 자처해서 들어갔다고 한다.

"늙어서 여행 바람이라도 불었나?"

"내 꼴을 보더니 흔쾌히 가더군."

설마 다 생존한 거냐고 물으니 한 달 전까지 서신을 주고받았다고 대답했다.

이를 들은 테올드가 돌아서며 내뱉듯이 말했다.

"명줄은 오지게도 질기군. 다음에 다시 오지."

"오냐. 든든히 먹고 마중 나가 주마."

주거니 받거니 하며 손을 흔들기까지 했다. 이후의 전투는 가파르게 전날의 무위를 회복해 나가는 그들의 격전으로 점철됐다.

사실 말치온이 대병력의 포위에 갇혔다는 소식을 전해 듣고 후속 부대와 대사제가 파견 나왔으나 이들을 컨템프 슈탄베트가 거부했다.

"네놈들이 나서면 난 빠지겠다."

그리곤 정말로 들어가서는 어떤 소란이 일어나도 무시했다.

그러면 테올드가 귀신같이 알고 날뛰었고 그럴수록 과거의 무장들이 어떤 전투를 했는지 뼈저리게 느꼈다.

반대로 테올드 역시 그를 붙들고 있는 덴 이유가 있었다.

적의 이목을 잡는다는 본래의 목적은 물론이고 새로 부활한 육체에 적응해 나가는 것도 있다.

그러나 말치온만 잘 지켜봐도 제국의 정치판이 어찌 흘러가는지 능히 알 수 있다는 사실이 가장 컸다.

물론, 이 모든 것에 앞서서 컨템프가 제국의 신진 장수들과 손을 맞출 리 없다는 확신이 있었다. 옛날을 그리워하는 노병에게 이는 매우 중요한 문제였다. 이른바 군부 간의 반목이었다.

"모두 대장군께 보고하도록."

얻어지는 정보는 모두 에일락 반테스가 자리한 즈운에 전달됐다.

1성 장군인 피란츠가 찾은 제물의 조건은 세 가지였다.

자신과 완벽하게 닮았을 것, 대인관계의 폭이 협소할 것, 중앙 관료와 친분이 있거나 요직에 언제고 진출할 자격이 있을 것이었다.

여기에 하나 더 욕심을 부리면 규칙적으로 행동하는 이일 것이 있다.

타인에게 그 사람이 이 시간에는 무엇을 한다, 는 인식을 주는 일은 여러모로 행동의 자유를 준다.

이른바 알리바이가 자연스레 형성되기에 그 틈을 타 다양한 활동을 벌일 수 있었다.

그러나 이 조건을 모두 충족하는 이는 생각보다 찾기 어려웠다. 이유는 뜻밖에도 자신의 외모를 닮은 이들 중에선 서자 출신이 많았던 탓이었다.

이른바 종마 노릇을 했던 피란츠이기에 직계가 아닌 방계로 흘러들었고 능력이 출중하더라도 바깥으로만 도는 신세가 허다했다.

제아무리 잘생기고 자질이 좋아도 소용없었다. 귀부인들의 남창 노릇을 하는 빈도가 가장 높을 정도였다.

사고가 있지 않은 한 피란츠의 핏줄 중 제국 명문가의 직계 자리를 차지한 이들의 수는 많지 않았다.

그런 와중에 신체 조건까지 똑같은 이를 찾으니 더욱 애를 먹었다.

하지만 그는 서두르면 될 일도 그르친다는 사실을

누구보다 잘 알았다.

'50년의 세월을 파악하고 현재의 제국을 아는 것 역시 충분한 활동이다.'

꼭 내부에서 엄청난 사건을 일으키는 것만이 전부는 아니었다.

그러기를 목표로 활동할지라도 꼭 그것에 연연해하지 않는다.

이를 위해 피란츠는 달라진 시대와 현재의 분위기를 몸으로 느끼고 조사했다.

아직은 시간적인 여유를 두어도 괜찮았다.

란티놀 제국의 현 황제는 베샤인 일레그론이었다.

제국 최고 통치자가 있는 황도답게 거대한 성과 건축물들이 자리했고 그중 가장 이색적인 것은 시계의 시침으로 나뉜 각각의 도심지였다.

12가지의 동물 모습으로 건물과 길이 만들어져 있었다.

"이곳은 예나 지금이나 여전하군."

별자리를 형상화하여 거대한 결계를 이룬 모습이다.

큰 건물 하나하나가 붓으로 찍은 점이고 성벽과 길

이 선인 셈이었다. 사실 이런 신문물을 보고 그란시아를 버릴 생각도 했었다.

그야말로 문화의 깊이는 물론 발전 체계까지 모두가 앞서 있었다.

추억과 향취에 잠긴 그는 란티놀 제국 황도를 둘러보았다. 높은 곳에 올라서 내려다보면 형상화된 동물들을 마법의 문자가 감싼 모습이다.

그 형상이 실로 오묘하여 이를 지도화 하는 데만도 적잖은 시간이 걸렸다.

가장 넓은 황궁은 각각의 동물이 내뿜는 숨길을 모으며 어우러지는 원형인데 여기엔 태극(太極)이라는 생경한 말을 사용했다.

자세히 알아보니 그 뜻에는 실로 곱씹을 만한 철학이 있었다.

사대 속성 이전에 음(陰)과 양(陽)이 어우러지는 그 모습은 중심으로부터 무한함이 잉태되는 형태를 상징한다고 했다.

건곤감리(乾坤坎離)라고 하는 표현에 마법의 문자가 어우러져 있었는데 그 속에서 검술의 경지를 높일

영감을 얻은 때도 있었다.

'하나, 이젠 다를 게다. 대장군이 왕도를 걷기로 작정하셨으니까.'

피란츠는 황도 전역을 보며 홀로 도전 정신을 불태웠다.

그렇게 차분히 물색하기를 어언 보름 즈음, 적당하게 분장할 인물을 낙점했다.

제국의 명문이자 계승 귀족의 정통이 있는 파인브 가문의 자제인 웰치 파인브였다.

제국의 중심에서 피란츠는 자신의 재화를 풀었다. 점령하고 허문 성이 여럿이기에 쓸 수 있는 돈과 그 양에는 구애받지 않아도 좋았다.

이른바 정보원들을 고용하여 웰치 파인브에 대한 조사에 착수했다.

행동거지 하나하나에서부터 작은 습관, 말투를 비롯한 모든 것을 분석하였다.

스스로 웰치 파인브라며 암시하고 동일시한 그는 하나씩 그의 삶을 자신의 몸에 아로새겼다. 이윽고 모든 조사를 마친 날에 웰치 파인브는 시신조차 남기지 못하고 사라졌다.

다음의 행보는 기다리는 것이었다.

'때는 온다.'

시국이 혼란스럽고 병력은 보충해야 하는 상황이었다. 말단 병사보다도 지휘관급의 수요가 더욱 컸다.

피란츠는 자원으로 군에 입대하겠노라고, 장교의 길을 걷겠다고 지원하고는 조용히 기다렸다.

그리고 노림수대로 이뤄졌다. 황도 전체가 술렁일 만큼의 소문이 들릴 즈음부터 사태가 급물살을 타고 바쁘게 시작됐다.

전대 황제를 수호하던 검, 가르테인의 사망 소식이었다.

부활한 에일락 반테스에게 요새가 또 허물어지고 오르샨 테쟈르는 극심한 부상을 당했다.

함께 한 시대를 불태웠던 철벽의 학살자 메그론은 생사조차 알 수 없게 되었노라고 한다.

'어지간히도 그를 믿고 있었나 보군.'

이전까지의 평화롭던 국면이 일순간에 바뀌었다.

상류층의 파티는 물론, 황도 거리와 술집에서의 대

화 역시 달라졌다.

피란츠는 그저 인맥을 관리하고 먹고 마시는 데 여념이 없는 줄 알았던 파티에서 비로소 생산적인 대화가 오가는 걸 처음으로 들었다.

"설마? 고작 언데드 하나에 정말 패배했다고? 이미 그의 전술은 물론, 검술부터 무엇 하나 안 밝혀진 게 없는데? 더군다나 언데드잖나."

"분명히 그렇지. 한데, 그는 모든 기록을 다 바꾸고 있어. 대관절 어떤 놈이 되살렸는지 모르지만, 기록된 것 이상의 괴물일세. 아니면 기록 자체가 축소됐던 탓일지도 모르지."

"신전은 왜 가만있지? 바리우스 대성당이 무너졌잖나. 근래 폐하와 교황의 관계가 썩 좋지는 않다지만 이런 시국에도 방관하는 건 좀 아니잖아."

"모르는 소리 하지 마시게. 그 바리우스 대성당 때문에 신전에서 난리가 난 걸세. 이건 비밀인데, 놈은 신성력에 당하면 더욱 강해진다고 하더군. 그래서 신관들이 함부로 나설 수가 없어. 내부에서 신성에 대한 논쟁까지 일 정도라니 할 말 다한 게지."

군무 부관을 부친으로 둔 젊은 귀족이 우리끼리만의 비밀이라며 언급했다.

깊이 생각할 것 없이 쉬쉬하면서 모두가 아는 그런 류였다.

피란츠는 기회가 왔음을 직감했다. 그는 부친에게로 가 단호하게 군부에 투신하겠노라고 하였다.

"국가가 위태롭고 적의 세력이 강성하다고 들었습니다. 귀족으로서의 책무를 다하고자 합니다. 아울러 가문의 명성을 드높이고 아버지의 기대대로 파인브 가문을 명문가의 반열에 올리도록 하겠습니다."

부친인 베리퍼 파인브가 크게 고개를 그의 말에 머리를 움켜쥐었다.

"근래 정신을 차렸는가 싶더니, 지나치게 차렸구나."

바람직한 아들이 되어 열심히, 또 능력을 발휘하는가 했는데 나라에 충성하겠다고 하였다.

참으로 옳은 이야기지만 막고 싶은 것이 솔직한 심정이었다.

"다시 생각해 봐라. 전대 황제의 검이 부러졌다고

는 하나 당대의 검이 있다. 아직 12봉신가의 주력은
물론, 황실 친위부대 역시 건재해. 네가 나서지 않아
도 이 정도의 위기는 충분히 극복할 수 있다."

"그렇다면 가야 합니다. 승리가 보장된 싸움이니
공을 세우기만 하면 가문을 반석 위에 올릴 수 있어
요. 아버지, 제가 잘못을 했던 만큼 이제 보답하고자
합니다."

"이렇게 하자. 아비의 친우 중에서 화기 연구소라
는 곳에서 연구소장이라는 일을 하는 이가 있다. 그에
게 부탁할 테니 네가 연구진으로서 도우면 싶구나."

생소하기 그지없는 말에 피란츠가 되물었다.

"제국의 힘은 대대로 문신술과 그 정점인 펠마돈에
있던 거로 아는데, 화기 연구소가 무엇입니까?"

"근래 신설된 곳인데 공학과 화학이라는 것을 토대
로 무기를 개발한다고 한다. 연금술과 비슷하다고 하
지."

위태로운 시국에서 박차를 가하고 전폭적인 지원을
아끼지 않는 부서라고 하였다.

피란츠는 대번에 자신이 이전에 알고 있던 것과는

다른 체계이며 알아볼 필요가 있음을 직감했다. 그러나 문제는 시간이었다.

'중요한 만큼 보안 역시 철저할 테고.'

전쟁과 관련하여 근래 생긴 새로운 학문이라고 한다. 이는 아직 체계가 잡히지 않았다는 뜻이고, 여러모로 실험과 실패가 잦다는 것을 의미했다.

관리가 엄중할 것이다.

말단 연구진으로 들어가는 것 역시 문제였다. 두 달이라는 시간 제약이 있기에 허드렛일만 하고 분위기를 파악하다가 나올 게 자명했다.

반면, 군부에 진출하는 건 조금 달랐다.

정상적이면 말단 하급관에서부터 올라갈 테지만 에일락 반테스 덕분에 병력이 부족하고 파견해야 할 인력이 더더욱 필요한 마당이다.

더불어 자신들의 인재는 아끼고 외부 요원을 위험한 전장에 보내려는 풍토도 있으니 피란츠가 딱 필요로 하는 전장에 투입될 가능성이 매우 높았다.

이도 저도 아니면 혼자 부임지를 초토화하면 그만이었다.

"전장에서 제국의 위엄을 널리 알리고 싶습니다."

꽉 막히고 판으로 찍어 낸 듯한 대답이지만 이만큼 효과적인 것도 없다.

애국심을 거듭 강조하며 요청한 끝에 베리퍼가 하는 수 없이 수긍했다.

이후 피란츠는 엄중한 테스트를 통해 실력을 입증받았고 신설 부대인 신식 특무대로 배정됐다.

시작은 작금의 상황과 사태에 대해 객관적으로 이해하는 것이었다. 여기에는 황실학계 학자가 일목요연하게 설명했다.

"여행자들이 사라지고 증식하는 몬스터들만이 남았을 때 우려를 보인 이는 아무도 없었지요. 외려 좋은 자원의 확보로만 여겼습니다. 정말 중요한 사실을 간과한 게지요. 바로, 원인을 알 수 없는 행운만큼 그 불행에도 우린 대처할 준비가 되지 않았단 사실입니다."

그 최악의 형태가 바로 망국의 기사, 에일락 반테스였다.

언데드의 통상적인 개념으로부터 완벽하게 벗어나

는 신성력 흡수 형태의 괴물이었다.

"우선 인정해야 합니다. 제국은 매우 막강한 적을 마주하였습니다. 섭리가 틀어지기 시작한 만큼 우리가 상상할 수 있는 최악의 일이 언제든 일어날 수 있다는 사실을 받아들여야 합니다. 그러나 역사적으로 위기는 항시 있었고 우리는 이를 극복해 왔음 역시도 명심하십시오."

강당에서 이들을 데리고 열강을 하던 학자가 네모나고 둥근 물체를 만졌다.

손으로 붙들자 몇 줄기의 뇌전이 스며들더니 복잡한 선로를 타고 회전하며 내부에서 응어리졌다.

응축된 그것은 유색의 빛을 둥근 면으로 토했다. 곧, 대륙전도 위로 분산된 그림들이 맺혔다. 움직이는 영상이었다.

"지금 보는 이 물건은 제국 공학 부서의 개발품 중 하나인 프로젝터라는 것입니다. 보다시피 새로운 기술이 가미된 독특한 개발품이지요. 여러분은 위기 속에서 더욱 강해지고 혁신이 일어날 수 있음을 보고 있는 셈입니다."

손짓에 따라 영상이 이지러지고 있었다.

"이뿐만 아니라 마탄총이라는 것부터 전차 등 다양한 신장비들을 테살도르와 함께 개발하고 있습니다. 거듭 강조합니다. 위기는 곧 기회입니다. 격변하는 시대야말로 새로운 역사의 주인이 될 둘도 없는 행운입니다."

피란츠가 손을 들어 질문해도 되느냐 요청했다. 학자가 고개를 끄덕이며 수락했다.

"마탄총의 위력을 알고 싶습니다."

"그렇지 않아도 보여 줄 참이었습니다. 훈련된 조교는 이쪽에 서 보세요. 지금부터 기존의 활과 석궁, 마탄총의 시범을 보이겠습니다."

건장한 체격의 조교가 측면에서 서면 각기 활시위를 당기고 석궁을 발사하며 마탄총을 쏘는 방식이었다.

날아든 화살을 잡아채고 튕겨 내는 일반적인 모습 이후 긴 막대기와도 같은 마탄총이라는 것을 겨누었다.

방아쇠를 당기는 부분이 있고 긴 총구 역시 있었는데, 응집된 마력이 기력과 혈력을 모아 폭발했다.

탕! 소리와 함께 조교의 방패가 크게 들썩였다.

홍옥 빛 구슬이 방패 중심부에 박혔는데 이내 불덩이를 날리며 터져 버렸다.

"빠르고 강력한 신무기입니다. 핸드 캐논이라 하여 파괴력을 더욱 증대시킨 것도 있지요. 사용법은 이제 여러분이 익혀 나갈 것입니다. 여기에 신체 능력과 문신술의 위력을 강화하는 매직 아머 역시 개발 중이니 기대하여도 좋습니다."

마탄총과 매직 아머의 종류는 다양했다. 근접거리용부터 산탄형의 범위 공격 무기, 저격형의 초장거리는 물론 핸드 캐논이라는 형태의 포신도 있었다.

무게와 반발력이 상당했지만 이를 감수하면 능히 무기만으로 백 명 이상의 무력을 자랑하는 것이 가능했다.

여기에 속성탄을 가미하면 태우고 얼리는 것은 기본에 다양한 상태 이상을 일으킬 수도 있었다.

지뢰라는 부비트랩을 사용하며 발파 장치로 대량의 충격파를 발생하는 것을 봤을 때는 신무기의 위력에 단연 감탄하게 됐다.

매직 아머 역시 중장보병을 연상케 하는 방어력 극대화는 물론, 마탄총을 보조하기 위한 공격 보조 형태와 충전식 마력석을 응용한 방식으로 나뉘었다.

배터리라는 말을 연구소장은 사용했다지만 이를 표준으로 채용하지는 않았다고 했다.

전차라는 이름의 포대를 안착한 강철 마차도 선보였다. 전쟁의 양상이 기술의 혁신으로 바뀔 조짐을 보이는 중이었다.

"군사 목적용의 지도입니다. 작전지의 좌표를 반드시 암기하도록 하십시오. 폭격이 필요한 장소와 더불어 아군의 진퇴와 진지 구축에 모두 이용됩니다."

사실 이 모두를 단시간 내에 익히고 전장에 투입할 요량이 아니었다.

신무기를 선택하고 그 하나에 익숙해진 뒤 본신의 전투 기술에 더하라는 의도였다.

그러나 피란츠는 이 모든 훈련법과 사용법, 대응 방법 역시 모조리 숙지했다.

'반드시 없애야 할 곳은 연구소다. 더군다나 전에 없던 무기들이야. 이 놀라운 발명을 하는 천재가 있을

터. 그놈을 암살해야 해.'

두 달이라는 시간을 스스로 연장할 마음마저 단단히 먹었다. 그만큼 큰 경각심을 갖게 됐다.

하지만 연구소의 위치와 이 모든 무기를 개발하는 소장이라는 자는 도저히 알아낼 수가 없었다. 철저하게 베일에 둘러싸여 있는 탓이다.

대신 하나만 안 것으로도 충분한 이득이었다.

시간을 끌수록 유리하다고 생각했던 것과 정반대가 됐다.

이들의 무기가 발달하는 속도가 실로 예상 밖이라서 불세출의 천재인 제국의 연구소장이 앞으로의 전황을 좌지우지하는 변수가 될 것으로 분석됐다.

피란츠는 이 가운데서도 요인 구출 및 암살의 특수 병과인 저격형 레인저를 선택했다.

생경하기 그지없는 병과인데다가 임무의 특수성이 유별날 만큼 기이했던 탓이다. 참여한 다른 귀족자제들의 입에서도 호평이 쏟아졌다.

"훈련 자체가 어렵거나 고강도인 건 전혀 없군. 먹고 마시는 것도 그렇고 지원이 아주 훌륭해."

"모의실험 과정이라는 것을 보통은 환상 마법으로 대신하곤 하였지 않습니까? 그런데 이렇게 대규모로 훈련지를 조성하니 효율이 제법 괜찮군요."

"철저하게 신무기를 다루고 피해를 최소화하는 데 집중되어 있어요. 근접 전투를 지양하는 방식이네요. 대 언데드 전용의 전투로 선택한 것이 철저하게 원거리이니, 거참. 이거야 원."

"임무 달성만큼이나 중요한 목적은 생존이군요. 죽지 마라, 잡히면 반드시 지켜 준다, 동료를 믿어라. 기존과는 정말 다른 방식입니다."

순교라는 거룩한 외침에 따라 목숨을 바치고 충성스러운 마음을 맹세와 계약으로 증명하는 사례가 허다했다.

하지만 신식 훈련은 거룩한 희생만큼이나 각자의 목숨을 책임지겠다는 독특한 사상을 가르쳤다.

'미묘하다. 아무리 봐도 이건 사상과 체제가 달라. 자칫 황제에 대한 불충으로 이어질 수 있어. 이런 것을 제국 학계에서 모를 리 없을 텐데 통과됐다? 그렇다면 연구소장이라는 자는 황족이나 최소한 궁주 급의

발언력을 가진 인물이겠구나.'

표적의 탐사 범위를 점점 좁혀 나갔다. 피란츠는 친분을 다지며 황제와 황후의 가문부터 시작하여 관료들 역시 법무관과 재정관, 군장관 이상 급의 고위 관료들에 한정하여 근래 일어난 변화에 주목했다.

그 결과 연구소장 대신 일관된 하나의 사건을 발견하였다.

정신이 오락가락하고 자폐증 증상을 보이던 예산 관리 부관의 아들이 돌연 천재성을 보이고 사고로 식물인간 상태이던 치안부관이 벌떡 일어나 정력적으로 활동하는 것이었다.

'발명품이라는 몇몇 상품들이 나오기 시작한 때도 이때였고.'

몬스터 증식이라는 이상 현상과 맞물려서 벌어진 일련의 사태였다.

피란츠는 이 정황을 누구보다 잘 이용하는 이가 에일락 반테스이니만큼 그에게 물어보면 명확한 답을 얻을 수 있다고 확신했다.

'대장군의 계획이 어디까지 맞닿았는지 짐작할 수

가 없군. 이 모든 정황이 모두 우리에게 유리하게 작용하고 있으니까, 암살은 잠시 미룬다.'

단지 언제고 움직일 수 있을 만큼 정보를 모으는 데에 소홀히 하지 않았다.

개인마다 각 처소가 있었으나 단체 훈련을 거듭 반복하며 자연스레 친분이 쌓였다.

만약 손발이 맞지 않거나 미숙함을 보였다면 내쳐졌을 테지만 피란츠가 이들의 장단점을 모두 알고 보조했기에 그의 평가는 좋은 편이었다.

귀족 가문의 젊은 인재들을 데리고 벌이는 독특한 훈련 방식도 어느덧 막바지를 향해 달려갔다.

처음에는 무기와 자기 병과에 익숙해지는 것이었지만 란티놀 제국은 문신술의 국가였다.

마지막은 이들 본연의 강함을 증대하였다.

제국 황실 바로 아래라는 정통의 명가, 12봉신가의 비술이 일부 전수됐다.

"많은 분의 허락과 지원으로 모두에게 공용으로 씀 직한 기술과 각성의 비술이 시술될 것입니다. 이 과정을 수료하면 특무대의 이름으로 활동하시며 선조치 후

보고의 즉결 처형 권한도 갖습니다. 건투를 빕니다."

첫 번째의 것은 사냥과 은신, 암살의 최고봉이라는 럭시디온 가문의 문신술인 카르판타였다.

궁수자리를 상징하는 이들 가문은 짐승의 형태로써 위력을 증대시키는 일반적인 기술과 달리 식물 형태의 문신을 사용했다.

세계수를 목표로 하며 중심에는 냉정과 냉철함을 세운다. 이로써 다른 문신술들을 다루는 것이 카르판타의 특징인데 기본 효과는 정신을 맑게 유지하고 정신 방어와 속성 저항의 능력이 생기는 것이었다.

"또한, 이를 통한 생존 기술이 있습니다. 심장의 박동은 물론, 체온까지 완벽하게 주위와 동화시키는 은신술이지요. 다른 보직과 달리 레인저들은 무조건 이를 익혀야 수료할 수 있습니다."

필수 스킬인 셈이었다. 움직이지 못하는 것이 문제지만 목숨을 부지하거나 숨어 있는 데는 최고의 효과를 발휘한다.

다음은 자아툰이라는 보행술의 문신이었다.

12봉신가의 하나인 라빈토카 가문은 천칭자리를 상

징하며 6시의 섹터를 대표한다.

독수리와 인장관으로 대변되는 그들 특유의 보행술이 자아튼이었는데 이른바 하루를 내달려도 지치지 않고 경지에 오르면 떨어지는 나뭇잎을 밟고 비행하듯이 움직이는 것이 가능했다.

특수 기술로는 기력의 급격한 활성으로 신체 반응 속도를 끌어 올리는 것이 함께 전수되었다. 최종 경지에는 두 배까지 높일 수 있다고 한다.

"다음은 인도자께서 수고해 주십니다. 칠천지공의 시술이지요."

등장한 여인은 윗옷 사이에 날개를 가진 천사의 문신이 있었다.

그녀는 멜세델 후작 가문 출신으로서 날개의 수와 모양으로 경지를 구분할 수 있으며 5시경의 처녀자리를 상징했다.

인도자라 불리는 멜세델 가문은 어려움을 돌파하는 직관을 지녔고, 동료의 잠재능력을 극대화하여 준다고 알려졌다.

그 탓에 대대로 황후의 가문이기도 했다. 칠천지공

은 배우자의 능력과 더불어 재능을 일깨워 주는 비전이었다.

"칠천지공(七天至功)은 총 일곱 단계의 비술이지만, 여러분에게는 두 번째 단계까지만 시술될 거예요. 본가의 일원이 아니고서는 세 번째 단계 이후는 무조건 금기거든요."

이른바 황제나 직계 가족에게만 하는 각성의 비술이었다.

실력으로 보이겠다고 고집을 부릴 수밖에 없었다.

그도 그럴 것이 칠천지공은 뾰족한 바늘로 몸을 찌르고 마른 잎에 불을 붙여 몸을 달구며 신체를 활성화하는 방식이었다.

이른바 침과 뜸이라고 하였는데 처음엔 살을 태우는 고통이었지만 시간이 지날수록 몸에 활력이 불어났다. 여기서 피란츠는 당장에라도 탈출할까, 에일락 반테스가 만들어 준 몸을 믿어 볼까에 대해 정말 심각하게 고민했다.

하지만 워낙 제국의 심처였고 비밀리에 하는 특무대의 훈련인지라 무단이탈 자체가 자살 행위나 마찬가지였다. 하는 수 없이 시술의 진행 상황에 따라 유기적으로 대처하고자 했다.

그리고 다행스럽게도 칠천지공은 자애로운 어머니의 손길처럼 빛과 어둠을 가리지 않았다.

몸을 각성시키는 데 주력하고 어둠이라고 배척하지 않는 비법이었다.

"인간의 몸은 영체와 육체의 합일입니다. 하지만 이를 분리하여 제대로 다루고 신장시키는 방법을 아는 이는 많지 않지요. 칠천지공은 육체를 통해 영체를 자극합니다."

혈도와 기경팔맥이라는 마력 운용의 새로운 길을 멜세델 가문은 알고 있었다.

이른바 숨의 길을 틔운다고 표현했는데 그 말에는 웅숭깊음이 있었다.

"이후 영체의 크기만큼 육체를 맞춰 몸을 한 단계 위로 끌어 올리지요. 부작용은 전혀 없습니다. 대신 조금 고통스럽습니다."

물줄기처럼 쭉 나아가던 힘이 그녀가 피부를 태운 자리에서 한 바퀴씩 회전했다. 그러면 다시금 가속력을 얻어 힘차게 뻗어 나갔다.

아스히스는 이를 약을 태워 몸을 일깨우는 것이라 하였다.

뜸을 통해 생긴 화상(火傷)들이 연결점이었다. 별자리의 한 점처럼 찍힌 자국을 쭉 이어 보면 인체라는 굴곡진 도화지에 양치기들이 밤하늘을 보며 구상했다는 별들처럼 각기 호응하는 다른 자리들이 나타났다.

1단계, 2단계로 이어지는 멜세델 가문의 칠천지공은 단계마다 육안으로 보이는 급속한 힘의 성장을 안겼다.

이른바 둔재를 범재로, 범재를 영재로 만들 수 있을 정도라서 피란츠 역시 적잖게 감탄했다.

남은 단계가 궁금해질 만큼이었고 단적으로는 제국이 정말 만만찮은 반격을 준비 중이구나, 하는 경고이기도 했다.

마지막 교육은 근접 전투에 대비한 창술이었다.

"에일락 반테스의 손에 명을 달리한 마창 훼이얀이 있다. 그의 창술은 무패의 업적을 자랑하던 에일락 반테스의 몸에 흉터를 남겼다고 하지. 아울러 적잖게 탄

복한 그가 창술에 전념하게까지 되었다고 알려졌을 정도다."

"자비로우신 폐하의 성은입니다."

실제로 란티놀 제국의 기록에서도 창술로 초인의 경지에 오를 수 있는 확실한 비전서라 명실공히 인정되기도 하였다.

황제가 황실의 비고에서 이를 꺼냈다고 했다.

훈련 교관이 황성을 향해 경건하게 절하고는 이를 전수하였다.

적의 기술이기는 하지만 더할 것도, 뺄 것도 없는 훌륭한 창술의 전후반부가 모두 이에게 공개된 것이다.

이상의 것이 이들의 무력 전체를 강화하기 위한 제국의 안배였다.

멜세델 가문의 칠천지공으로 잠재력을 높이고 카르판타로 감각을 벼리며 불패의 명장을 만나 역사의 뒤안길로 사라졌지만, 누구나 인정하는 훼이얀 창술을 익혀 근접 전투력을 높였다.

"훼이얀의 창술은 탈진에서부터 시작한다."

이 수료 과정을 피란츠는 가장 우수한 성적으로 마쳤다. 재능도 그렇거니와 훼이얀 창술의 출처부터 에일락 반테스가 어떻게 수련하는지, 나선참이라는 상승의 스킬마저 어떤 원리로 구현되는지 아는 까닭이었다.

그는 훈련 교관의 말에 이어 스스로 대답했다.

"온 혈력을 단숨에 뽑아내서 몸에 강제로 과부하를 거는 것이지요. 혈력이 송두리째 빠져나가면 그 뒤를 따라 기력과 마력도 뒤따르게 됩니다. 그것이 일격에 적을 부수고 이중 삼중의 타격으로 속까지 분쇄해 버리는 기세를 만듭니다."

"정답이다. 그걸 어떻게 알았지?"

"책에 다 나와 있잖습니까? 당신이 이미 보여 주었고요."

교관의 입에서 탄식이 나왔다.

"창술의 천재로군. 훌륭하다, 제군."

핑계는 필요 없었다. 잘난 척은 안 했지만 내 재능이 얼마나 대단한지를 우회적으로 보여 준 것이다.

뒤이어 그가 파견될 곳에 대해 지시가 내려왔다.

"동시다발적인 난국이기는 하나, 이 혼란의 중심은 고작 일곱이다. 그 이외의 분쟁은 각 신전 지부와 자경단의 힘만으로도 능히 해결할 수 있을 정도이지. 전선을 확장시키고 성벽을 무력화한 강적들. 이 사태의 원흉을 제거해야 한다."

선택과 집중을 할 때라고 했다. 화재와 질병, 대규모 병력이었다. 이 중 에일락 반테스가 직접 이끄는 세력은 논외로 두었다.

본래는 가장 강력하고 사태의 원흉인 그를 제거하는 것이 옳지만, 그는 공략 불가다.

그 탓에 피란츠는 카이룬 성으로 파견됐다. 그곳엔 '사람의 머리가 맺히는 나무가 나타났다'고 하였다.

밤송이처럼 가시를 잔뜩 날리는 식인목. 흩날리는 잎에만 닿아도 끔찍한 고통을 일으키는 나무가 카이룬 성에서 발견됐다는 정보였다.

라훌 일족의 마인인 고통의 마인 엑스토가 벌이는 일이었으나 제국은 알지 못했다.

대신 지금까지 존재하지 않았던 괴질이며, 신종 변이 몬스터로서 보고 나름 분석했다.

"그의 모습이 고대 악마 중 하나인 고통의 학시온과 유사하다는 사실이 문헌을 통해 발견됐지. 이를 소멸하는 힘이 세계수에 있다고 하여 신전에서 복원하였다. 괴질을 퍼뜨리는 남은 몬스터들 역시 대항 백신을 마련해 놓은 상태이다."

"백신? 그게 뭡니까?"

"연구소에서 만든 건데 전용 치료제라고 보면 된다. 그리고 이 무기를 받아라. 카이룬 성에 나타난 기형 몬스터에게 치명적인 효과를 발휘하는 축성 무기이며 마찬가지로 개발품이다."

브리핑이라 하며 작전을 일러 주던 교관이 귀하게 들고 온 나뭇가지를 가볍게 흔들었다.

나뭇가지가 사르르 떨리며 청명한 아우라가 회의실을 가득 채웠다. 피란츠로선 눈살을 찌푸리고 숨을 참아야 할 만큼 상극의 힘이었다. 다만, 그 정도에서 끝이었다.

만약 에일락 반테스가 원귀들을 해결해 주지 않았다면 정말 곤란한 상황이 일어났을 터였다.

아울러 원귀의 저주라는 요소를 신성 마법에서도 일

찍부터 사용해 왔음을 알 수 있었다.

"더불어 카이룬 동쪽의 강물에서 독이 끓어오르는 기현상이 일어나고 있다고 한다. 수원인 마흐리잔에 올라 이를 확인해 보도록. 작전을 보조하기 위한 팀이 함께 투입될 것이다."

이 모든 장비를 받아 든 피란츠가 카이룬 성으로 파견됐다.

그 시각, 사태 해결을 위한 조속한 대처 역시 동시 다발적으로 이루어졌다.

피란츠의 팀이 카이룬 성으로 파견 나가는 때와 더불어 매직 아머를 보급받은 전위 부대가 몬스터 증식으로 활황을 누리는 지역들을 향했다.

전차와 함께하는 그들은 증식하는 몬스터들을 완전히 박멸했다.

동굴에서 나오면 산을 허물고 호수에서 출몰하면 호수를 메웠다.

지역 자체를 짓이기는 방식으로 우선 수를 급감시킨 후 후위의 사제들을 동원하여 증식의 마석을 제거했다.

여기에 여타 왕국에 이 사실을 아낌없이 전달하고 공동 대응도 하였다. 인류를 위한다는 공공의 목표 아래에는 기존의 앙숙 관계나 정치적 대립이 무색했다.

이러한 여론에 힘입어 피란츠의 팀 역시 대륙의 평화를 위한다는 '평화 유지군' 이라는 다소 낯간지러운 이름으로 카이룬 성에 도착했다.

카이룬 동쪽의 스프라디 강은 마흐리잔 산에서 비롯되는 거대한 강이다.

혹자는 바다로 오해할 만큼 넓으며 수상 가옥이라는 독특한 양식을 볼 수 있는 그곳에는 근래 어려움이 겹쳐서 일어나고 있었다.

고통의 악마와 강물 전체가 오염되는 비상사태였다.

괴질을 잠재우고 사태의 원인인 괴물을 해결할 방법을 진작부터 찾았지만, 중앙에서의 명령은 '가만있으라' 였다.

축성 무기가 마련됐고 악마를 처단할 특무대가 곧 출발할 참이니 조금만 더 버티라는 지시다.

실로 목이 빠지라고 저들을 기다리던 참에 가장 먼

저 수료한 피란츠가 카이룬에 도착했다. 환대를 아니 받을 수 없는 상황이었다.

"사태가 사태이니만큼 조촐하게 환영식을 준비했소 이다."

성주는 중년에 접어든 타우스 마르가티 백작이었다.

팔자수염의 그는 가신들과 함께 원거리 공간이동으로 지친 일행을 안내했다. 성의 지하에서 벗어난 피란 츠는 화려한 파티장을 보았다.

어둑어둑한 바깥과 달리 이곳은 밝은 낮보다도 더욱 빛나고 있었다.

곱게 차려입은 귀족가의 처녀들과 유력자들의 자제들은 물론, 부유한 이들이 넘쳤다.

'상황이 어떻든 제 잇속만 차리는 놈들이 이 정도는 있어 줘야지.'

이들을 보니 크게 안심이 됐다. 피란츠가 호언장담 하고 나섰다.

"환영식은 저 나무를 없애고 난 후 즐기겠소. 오래 걸리진 않을 거요."

"바로? 지금 당장 말이오?"

"마족의 공략법은 완벽하게 숙지했소이다. 음식이 식기 전에 돌아오지요."

매직 아머와 마탄총과 핸드 캐논. 여기에 축성 무기를 든 피란츠의 출동이었다.

엑스토가 자리한 도심은 구불구불한 나무줄기가 돌바닥 위로 구물거리고 그 위를 삐쩍 말라서 목각 인형처럼 비틀거리는 변이체들이 돌아다녔다.

시체가 썩고 좀비가 되어 흐느적거리는 것과는 사뭇 다른 분위기였다.

뿌옇게 떠도는 포자들은 이따금 뾰족한 밤 가시처럼 날며 벽과 창에 턱턱 박히곤 했는데 꼭 벌 떼나 메뚜기 떼의 습격 같았다.

기이한 침묵이 감도는 그곳에 피란츠의 팀이 각기 핸드 캐논과 마탄총을 겨누고 섰다.

막강 화력을 보여 줄 40명의 총구가 정확하게 식인목, 엑스토를 향했다. 그리고 수신호와 함께 굉음이 울렸다.

"사격 개시."

싸움은 놀라우리만큼 화려하고 신속하게 마무리됐

다. 핸드 캐논으로 백신 탄을 난사했다.

물거품 형태의 백신이 이슬처럼 내려앉을라 치면 창 칼로도 꿰뚫지 못하던 나무껍질과 나무인간 형태의 변이체들이 맥을 못 추고 허물어졌다.

그쯤 소이탄이 날아들자 꺼지지 않는 불꽃이 모든 것을 불살라 버렸다.

"이게 뭐지?"

전에 없던 형태의 공격이었다.

하지만 인화성 물질이라 할지라도 정령체인 엑스토를 불태우는 데는 어려움이 컸다. 이른바 경계를 오가며 불꽃이 잠재워지는 거였다.

다만 그만이 가능했고 수하랄 수 있는 변이체들은 속수무책으로 당하는 중이었다.

쾅쾅 울려 대며 순식간에 날아든 탄환이 삽시간에 불바다를 만드는 상황이다.

자신이 거대한 표적지나 다를 바 없음을 안 엑트소가 뿌리박았던 몸을 일으켰다.

식인목이라는 외피 속에 있던 실체가 살짝 보였다.

그때 번쩍 솟구친 피란츠가 훼이얀 창술의 나선참을

유성처럼 내리꽂았다. 뒤이어 축성 무기인 나뭇가지를 그의 이마에 쑤셔 박았다.

놀라 당황한 엑스토가 한마디 말을 꺼내기 무섭게 끝나 버린 연계 공격이었다.

천적이랄 수 있는 백신 탓에 정신이 없는 찰나, 폭음과 화염이 뒤덮었고 이를 걷어 내어 움직이는 시점에 치명적인 독이 침투한 셈이다.

흉흉하고 강력한 다른 공격들은 사실 대수롭지 않았다.

망가진 육체야 얼마든지 수복하면 그만인 탓이다. 문제는 이마에 박혀서 독버섯처럼 퍼지는 정화력이었다.

조짐이라도 느꼈다면 사력을 다해서 피했을 것이다.

팔에 박혔으면 팔을 잘라 내면 될 일이었다.

그러나 이마에 떡하니 박혀서 중추를 그대로 점령하니 방도가 없었다. 그가 헛헛하게 되뇌었다.

"터무니없는 일이다. 이 내가 이렇게 어이없이 가야 한다니."

"마할문이 있었다면 이것마저 먹었을는지 모르지.

이 무기는 오직 그대하고만 상극이거든."

피란츠의 말에 엑스토가 눈을 부릅떴다.

"네놈, 우리를 아는구나. 어디서 누가 보낸 거지? 아니지…… 그놈밖에 없구나. 배신이냐?"

가소롭다는 듯 피란츠가 웃었다.

"어차피 결함이 많은 너희다. 죽어서 밑거름이나 되라."

분노로 치를 떨던 엑스토의 몸이 내부에서부터 조각조각 부서졌다.

축성 무기와 융화되어 삽시간에 확산한 빛이 그를 흩날리는 재로 만들었다.

피란츠로서도 아깝지만 어쩔 수 없는 선택이었다. 제국의 신무기가 너무 뛰어났다.

자신이 아니었다고 하여도 이 무기로 사냥하면 마령들은 손쓸 도리가 없이 박살 날 따름이다.

그럴 바엔 그가 가장 화려하게 처리하고 이들의 신뢰를 사는 편이 나았다.

곱게 차려입은 귀족가의 처녀들과 유력자들의 자제들이 특무대를 보며 저마다 흠모의 시선을 보냈다. 그리고 위풍당당하게 나선 이들은 채 한 시간도 되지 않는 짧은 시간에 고통의 악마를 소멸시키고 나무를 썩둑 베어 버렸다.

단 한 번에 입지를 다지고 카이룬의 영웅으로 등극하는 시점이었다.

피란츠는 그때부터 본격적으로 움직였다.

여타의 성과는 달리, 카이룬은 성주 홀로 통치하는 곳이 아니었다.

수문관이라는 독특한 직책이 있었는데, 그의 역할은 수문을 조절하여 스프라디 강의 수위를 조절하는 것이다.

사실 엑스토가 단번에 성주가 있는 내성까지 진출하지 못한 까닭이 도심지 사이로 불쑥 흐르기 시작한 강줄기 때문이었다.

이른바 도시와 도시를 격리시키고 육로로 잇게 하는 등의 일이 가능할 만큼 수로가 발달했다.

자연을 인간의 마음대로 다룬다고 여겨질 정도였다.

'이 뜻은 수문을 장악하면 카이룬 성 자체를 수몰시킬 수 있다는 뜻도 되지.'

최고의 강점이자 약점이 어디인지를 간파한 피란츠를 우선 명성을 더욱 높이기로 했다. 잇따른 행보는 실로 모범 그 자체였다.

가볍게 축제를 즐기며 타우스 백작의 체면을 세워 준 뒤 이튿날 바로 마흐리잔에 올랐다.

그리고 강물이 오염되던 이상 현상이 깔끔하게 사라졌다. 실상은 호류암과 대면하여 잠시 작전을 멈춰 달라고 한 것에 지나지 않았지만, 대외적으로는 그가 갈수록 모든 문제가 정말 손쉽게 해결되는 모양새였다.

우상시하는 이들까지 나타날 정도였다. 피란츠는 이러한 대중적인 인기에 힘입어 수문관 오네트가 있는 물의 탑을 찾았다.

물의 펠마돈과 강력한 결계로 보호되며 내부 장치를 알지 못하면 층을 오르는 것조차 어려운 곳이었다.

"카이룬의 젊은 영웅께서 이곳엔 어인 일이신가요?"

법복을 입은 삼십대 초반의 여성이 마중했다. 피란츠가 고개 숙이며 말했다.

"마지막 일정으로 카이룬의 심장인 이곳을 돌아보

고자 찾았습니다."

그리고 고개를 들고는 눈만 크게 뜬 채 한참 그녀를 보았다. 뒤어어 크게 당황한 듯 격앙된 목소리를 덧붙였다.

"아울러 평생을 헌신하는 가장 고결한 분께 인사를 드리고자 합니다."

그것은 바로 당신이라는 듯 그윽하게 보았다.

젊고 빼어난 피란츠가 흠모에 시선을 주자 수문관 오네트보다도 그의 뒤편에 잇던 다른 여인들의 심장박동이 빨라졌다.

남성들은 혀를 차며 시기 어린 시선을 보냈다.

"공과 사를 구분할 줄 모르시는군요? 더군다나 그런 가식적인 언변에 넘어갈 만큼 우리를 우습게 보고 있으시고요."

"맹세하거니와 조금도 그런 마음은 없었습니다. 단지 저 역시도 이런 감정은 처음인지라 그만 무례를 범하였다는 것만 말씀드립니다. 그럼 오늘은 이만하고 내일 다시 찾아뵙겠습니다."

이후 실제로 매일 한차례씩 방문하며 수문관 오네트

를 비롯한 관원들 모두에게 공을 돌리고 서툰 남성으로서의 모습을 보였다. 출중한 미남인 터라 수십 명의 여인과 사랑을 속삭였음 직한 생김새가 피란츠다.

그러나 이러한 바람둥이 같은 외모와는 전혀 딴판으로 그는 수줍은 모습을 보였다.

오네트와 손만 맞닿아도 괜스레 시선을 돌릴 때는 물론, '여자들은 꽃을 좋아하지'라는 유의 조언이라도 들으면 과하리만큼 그녀에게 선물을 안겨 주었다.

꽃이 좋다고 하면 꽃으로 길을 만들 기세였다.

실로 풋풋함이 물씬 보였다. 싸움에 임했을 때는 그 누구보다도 위엄이 넘치고 팀원들과 병사들을 지휘했지만, 성주 앞에서도 당당한 그가 오네트에게 만큼은 순한 양처럼 행동했다.

그러기를 열흘이 넘어가자 그녀의 태도도 조금씩 변해 갔다. '놀리지 마세요'라고 하던 그녀가 은근히 손을 맞잡고 다니더니만 종종 해지기 전이면 함께 식사하는 것을 목격하는 이들이 늘어났다.

바라만 보고 있어도 행복하고 즐거운 시간이어서일까.

수문관으로서 카이룬의 물길을 잡고 조절하는 데 헌신하던 여인의 만면에 미소가 가득했다.

피란츠는 오네트의 일을 방해하지 않았다.

오히려 수문관으로서의 일을 제대로 하도록 찾아가는 일정도 조절해 주었다. 그리고 이따금 신무기와 특무대의 무기에 대해 알려 주곤 했다. 둘만의 비밀을 늘려 가며 하는 은밀한 대화였다.

"저도 하나 보여 줄게요."

장난이 아님을 알고 서로 깊은 밤까지 함께하게 되었을 무렵, 오네트 역시 남들은 모르는 비밀을 그에게 알려 주고자 했다.

외부인의 출입을 엄금하는 물의 탑으로 들인 거였다. 야심한 시각의 행복이 불러 온 작은 일탈이었다.

우뚝 솟은 물의 탑은 마치 팔꿈치부터 주먹을 쥐고 있는 주먹 하나를 땅에 박은 듯한 모양새였다.

내부 중심에 분수처럼 물이 치솟았는데 사이사이로 얇은 물줄기가 흐르는 모습은 마치 동맥과 정맥처럼 혈관을 타고 흐르는 피처럼 느껴졌다.

상층부로 올라갈수록 물줄기는 바퀴처럼 회전하며

지붕을 형성했다.

그 가운데에는 마력의 유동이 없이 오직 가득한 생명의 존재감만 가득하였다.

'흡사 신전 같구나.'

아기 천사가 뛰어놀듯 물이 투명하게 흐르고 있었다. 최상층부는 벽면부터 천장 전체가 오직 투명한 수면으로 이루어져 있었다. 그리고 그 중심에는 키가 자리했다.

거대한 범선이 깊은 바다에 가라앉았다가 물 위로 올라온 것처럼 산호와 조개, 그리고 녹이 슨 부분이 보이는 금속 재질의 키였다.

완파된 선체에서 일부만 떠 온 듯했는데 오네트는 저것이 스프라디 강의 물줄기를 조절하는 열쇠이며 펠마돈의 비서라고 했다.

"탑 인근의 물이 오염되지 않은 이유가 여기에 있었군요. 오염 물질이 계속 투입돼도 정화 능력으로 상쇄하는 격이니 카이룬의 내성 지역은 절대적으로 안전하겠습니다."

"비서의 힘이 자체적으로 정화하는 까닭이에요. 수

문관들은 대대로 이 힘을 받아들이고 동화되어 흐름을 조절하였지요."

피란츠는 펠마돈의 비서를 눈에 담았다.

"탑의 중추예요. 본래 강력한 결계로 보호되고 외부인에게는 절대 공개하지 않는 장소지만, 웰치 님에게는 특별히 예외를 두기로 했어요."

"수문을 여는 방법에도 암호가 섞여 있네요. 놀라운 보안입니다. 그런데 열쇠는 어디에 보관합니까?"

그녀가 검지로 입술을 가리며 쉿 하고 작게 소리 냈다. 그리고 장식물이라기보다는 버려진 연구 재료 같은 작은 산호 조각을 가리켰다.

"우리만의 비밀이에요."

"지극히 현명한 판단입니다."

모든 허실을 파악한 피란츠가 그녀를 꽉 껴안았다.

산뜻한 마음을 타고 번뜩이는 뇌전이 그녀의 감각을 농락한 사이 으스러지도록 안긴 그녀의 몸이 터져 버렸다.

입맞춤을 기대하는 듯 눈을 살포시 감은 오네트의 표정에 고통은 없었다.

"영 맛이 안 나는군. 흑마력만 아니었어도 더 재미있게 죽였을 텐데."

뇌전검이라는 자신의 칭호는 어디 가고 이토록 심심한 연기와 암살만 해 대는지 입맛이 씁쓸할 정도였다. 하루빨리 카이룬 성을 끝내고 대장군과 합류하고 싶어졌다. 신무기에 대해 그가 알면 어떤 반응을 보일지 기대됐다.

※　　　　　※　　　　　※

"뭔가 있어. 정상이 아니야."

마르가티 백작가의 둘째인 풀제르는 웰치를 의심했다. 특무대라는 제국의 신설 부대와 무기가 얼마만큼의 막강한 위력을 보이는지는 익히 들은 상태였다.

그러나 아무도 알지 못했던 마흐리잔의 독을 단번에 해결한 건 믿을 수 없었다.

자신들이라고 가만히 손 놓고 있던 것은 아니었다. 수차례 산을 오르고 여러모로 강물이 오염되는 이유를 찾고자 갖은 애를 썼었다.

하지만 마치 오염원은 살아서 움직이기라도 하는 듯 자신들을 농락했다.

일부는 소리 소문 없이 증발하는 사태도 발생하였다. 험준하고 깊은 계곡과 산이라는 지형에 몬스터들까지 더해져서 어려움은 배가됐다.

그런데 이 모든 악재를 단번에 넘기고 약초꾼이나 토박이조차 모르는 괴질을 단번에 해결했다고 한다.

바람직한 영웅이 웰치였지만 풀제르는 그 탓에 쉽게 믿지 못했다.

자신의 노력을 뛰어넘는 천재의 등장에 배가 아파서이기도 하였다. 이를 위해 그는 백작가의 정예와 함께 산에 올랐다.

그리고 기이한 현상을 목도했다.

"뭐야. 이거 전이랑 다르잖아?"

환상 마법이라도 펼쳐진 걸까. 산 바깥이랑 안의 풍경이 전혀 달랐다.

마흐리잔 산은 생기를 잃은 채 축 늘어진 모습이었다. 나무껍질마저 회백색으로 푸석거렸고 산은 물론, 일대가 죽어 갔다.

그 물이 스며드는 일대가 오염되고 있는 것이다. 과거엔 이 정도까지는 아니었다.

그즈음 산에서 수백 마리의 독도마뱀이 대거 내려왔다.

자신들을 노렸다기보다는 일제히 어디론가 향하는 모습이었다.

"도련님, 우선 보고하고 웰치 경의 도움을 받는 것이 어떨지요?"

"특무대의 힘이 필요합니다."

기사들의 말에 풀제르가 버럭 짜증을 냈다. 공을 세울 수 있는 이 순간에 정말 방해였다.

"몬스터 몇 십 마리가 날뛰는 게 한두 번이야? 그보단 상황을 정확하게 알아야 보고할 수 있잖아. 조심히 그것만 알아보자고."

정상을 향해 거듭 올랐다. 대신 긴장한 만큼 신중을 기했다.

이윽고 그들이 발견한 것은 질척한 피와 눌어붙은 살점과 내장들로 도포한 듯한 정상의 풍경이었다.

찐득찐득한 독액으로 점철된 산 정상에는 전신 갑주

를 입은 장수가 있었다.

참혹한 현장과 반대되는 금색과 은색의 갑주였다. 장인이 공들여 만들었음이 분명한 풀플레이트 메일의 장수는 바위라도 대번에 쪼개 버릴 듯한 철퇴를 턱 하니 걸친 채였다.

문제는 그가 깔고 앉은 자리에 있었다. 원형으로 구멍이 뚫린 바위. 그의 양다리 사이에서 한 마리씩 독도마뱀이 기어 나왔다.

그럴 때마다 그는 철퇴로 이들을 으깨 버렸다.

심심할 때는 한 손으로 잡아채 목 졸라 죽였다.

"저놈이야. 저 녀석만 해치우면 돼."

풀제르가 주먹을 불끈 쥐었다. 사태의 원흉을 찾았다.

"근데 정체를 모르겠어. 투구만 벗기면 좋을 텐데."

"위험합니다, 도련님. 제발 이쯤에서 물러나야 합니다."

붙들고 뒤로 기사가 잡아끌었지만 풀제르는 더 납작 엎드려서는 장수를 보았다.

제발 투구를 한번만 벗어 달라는 간절한 기도를 하

면서였다.

그때, 놀랍게도 괴인이 투구를 벗었다.

안에서 드러난 이의 얼굴을 볼 순간 깜짝 놀랐다.

"호류암!"

에일락 반테스와 함께 거론되는 그의 다섯 부관은 각자가 일국의 대장군이 되어도 부족함이 없던 출중한 이들이었다.

이 중에서도 2군장이자 검은 늪이라 불린 군사형 장수가 호류암이다.

풀제르의 외마디 비명을 들은 그가 피식 웃었다. 녹색 피부에 대비되도록 하얀 치아가 좌우로 쭉 모습을 드러냈다.

독도마뱀을 잡고는 입을 쩍 벌리자 그의 이목구비가 형태를 잃더니 거인의 것처럼 골격이 쭉쭉 늘어났다.

그는 거대해진 입으로 성인 몸집만 한 독도마뱀을 씹어 먹었다.

턱관절이 쭉 나뉘고 피부와 힘줄이 촉수처럼 늘어났다.

버둥거리는 도마뱀을 텁텁 씹으니 질척하게 뇌수가

흐르고 뽀득뽀드득 소리를 내며 뼈마디가 입안에서 부서졌다.

"한 방에 가 볼까."

호류암은 손가락을 쭉쭉 빨고는 그때까지도 멍하니 보고 있는 풋내기들을 보았다.

손가락을 딱 튕기자 저들 뒤에 있던 그림자가 장막처럼 펼쳐져서는 삽시간에 덮어 버렸다.

이불보에 싸인 듯 발버둥 치던 그들은 그대로 짓이겨져서 씹기 좋게 부드러운 육질로 바뀌었다.

호류암은 이를 질겅질겅 씹으며 몸을 일으켰다. 밤하늘 저 위로 폭죽이 터지는 것을 보니 피란츠가 일을 제대로 완수했음이다.

산에서 내려갔다. 그가 성에 잠입하는 방법은 몸을 후드 망토로 가리거나 영령술을 이용해 적의 시선을 돌리는 것이 아니었다.

호류암은 자신의 특성을 이용해 수로로 잠입했다.

'펠마돈의 힘이 사라졌다. 피란츠가 제대로 일을 했군.'

카이룬은 물의 도시다. 강줄기를 타고 배관을 따르

다 보면 곳곳에 들어갈 수 있었다.

물줄기를 막아 쌓은 댐에서 수문을 여는 것과 마찬가지였다.

카이룬 성의 배수로는 사방에 자리한 수문과 그 뒤에서 강력하게 밀어 주는 압력 장치가 있었다.

코마 종족이기는 하나 지식을 여러모로 습득한 그는 벽처럼 일어나서 확 밀어내는 장치의 원동력이 수문관의 탑에서 비롯됨을 확인했다.

탑주가 건재했다면, 자신이라는 이물질은 저 거대한 장치에 휘말려서 걸레처럼 쥐어짜였을 것이다.

그러나 지금은 물속을 속속들이 보고 지배하는 펠마돈의 힘이 작동을 멈춘 상태였다.

'방향은 7시.'

마법진의 고정된 마법이 압력 장치를 작동하며 저 힘은 수문을 여는 순서와 정확하게 일치했다.

잠시 멈추어 선 호류암은 마흐리잔에서 내려다본 카이룬 성의 지리와 자신이 있는 수로를 되뇌었다.

거리는 확신할 수 없었다. 직선로가 아닌 수문을 따라 빙글빙글 돌고 방향을 반대로 잡아야 할 때도 있었으니까.

미로 찾기가 따로 없었다. 그러나 시간과 노력을 들이니 답은 과연 나왔다.

열리고 닫히는 수문에 끼일 뻔하기도, 타이밍이 늦어 압력 장치의 파동에 휩쓸려 떠내려갈 뻔하기도 한 그는 마침내 물의 탑에 도착했다.

지상에서는 오뚝한 건축물일 터이나 물밑에서는 거대한 나무의 뿌리 같았다.

그는 각 수로와 배관에 끝을 대고 있는 좁은 곳으로 몸을 들이밀었다.

처음에는 기어갈 만했는데 점차 좁아 들더니만 몸이 꽉 꼈다.

갑옷이 짓눌리고 팔방에서 조여드는 게 좁은 광산의 통로를 지나는 것과 같았다.

하지만 짐작했다. 이럴 때는 코마 종족의 신체 변형술을 쓰면 됐다.

그는 뼈마디와 근육, 인대 등 신체를 움직여 폭을 줄이고 크기를 맞췄다. 그러나 깜박한 사실 하나 있었다.

'꼬였군.'

갑옷의 부피였다. 정확하게는 자신의 무기이기도 한 철퇴의 길이가 배관을 통과하는 데 아주 거슬렸다.

그렇다고 이를 버리고 침투할 수는 없는 노릇이다.

어찌하는 게 좋을까, 잠시 고민한 호류암이 방법을 떠올렸다. 그는 전진하며 더 몸을 꽉 꼈다.

아예 물의 흐름을 막았다.

이러면 위쪽 탑에서도 나름의 조처를 할 것이다.

아래로 쏟아 내거나 위로 뽑아내거나 둘 중 하나다. 후자이기를 기대하며 그 물살을 기대하기로 했다.

둔중하게 다시금 내미는 수압에 엑탈렘 갑옷이 찌그러졌다가 수복됐다.

밀어내는 힘은 불끈 힘을 줘서 버텼다. 그러자 이번엔 반대로 끌어당기는 흐름이 나타났다. 기다렸던 순간이었다.

버티던 힘을 놓고 흐름에 편승했다. 곧 호류암의 꽉 막힌 몸이 쑥 빨려서 올라갔다.

펑! 하는 소리와 함께 그의 몸이 급격하게 상승했다.

터진 물의 속도는 시계(視界)가 흐트러질 정도로 빨랐다. 어둑어둑한 것들이 아래로 쭉쭉 훑어지더니 어느새 바깥으로 나왔다. 승천하는 물줄기와 함께 벽에 처박힐 정도였다.

이제 지지부진한 잠입은 끝이 났다.

'속전속결.'

내부 인원이 외부에 변고를 알리지 못하도록 모두 죽이고 연락관을 세뇌하기로 했다.

호류암은 거미처럼 두 팔과 두 발로 벽을 움켜쥐었다. 그리고 오른손을 깊이 박고는 이를 축으로 몸을 날렸다.

어깨 관절이 고무처럼 탄력 있게 늘었다가 수축하며 그의 몸이 핑그르르 회전했다.

빙글빙글 도는 시야로 내부 전경이 들어왔다.

높은 천장이 보인다. 에메랄드와 사파이어의 두 가지 색이 어우러진 물이 출렁이는 호수였다.

그 중심에는 얼음 결정처럼 빛을 사방으로 산란하는 거대한 대리석이 있었다. 아래로 졸음이 가득한 당직 관리가 푸념했다.

"뭔지 모르겠지만, 드디어 뚫렸군! 변기도 아니고 이 무슨 물벼락인지 원."

"막힌 변기였으면 이리 흠뻑 뒤집어쓰고 웃을 수나 있었겠어요?"

"그건 그렇군. 오네트님만 계셨으면 이리 바쁘지는 않았을 텐데 말일세."

"어허. 참으라고. 비상호출을 함부로 했다가 나중에 노처녀 히스테리에 말라 죽을걸? 요즘 보니 천상 여자더구먼."

"좋겠어요. 나도 그런 왕자님 안 나타나려나요?"

"꿈은 클수록 좋다고 하니까, 마음껏 꾸라고."

법의를 입은 수문 관리인들이 무언가를 누르고 장치를 움직이고 있었다.

버튼을 누르는 이가 있는가 하면 길쭉하게 나온 막대를 내리고 올리는 이. 기도를 올리며 신성력과 지팡이를 움직이는 마법사까지 총 열일곱 명이었다.

'저게 기관의 축이군.'

대리석 기둥으로는 천장의 연결된 실이 마력을 공급했다.

응축된 마력이 침잠할수록 색깔이 어렸고 이는 약한 신성을 띤 채 관리자들의 조작에 따라 아래 배수로로 쏟아졌다.

한 관리인이 자신이 나온 수로를 향해 양손을 뻗었다.

곧 연못의 물이 쑥 줄어들더니 그 수로로 썰물처럼 확 휩쓸려 사라졌다.

그다음은 익숙한 소리. 수문이 닫히는 굉음이 먼발치에서 전해졌다.

그즈음 고개를 들고 웃으려던 이가 호류암을 발견했다.

그는 마법구의 빛을 반사시키는 대리석을 번갈아 보더니 손가락으로 그를 가리켰다.

"적이다!"

황급히 몸을 날린 그가 테이블 위를 향해 손을 뻗었다. 내부의 위기를 바깥에 알리기 위함이지만 이를 가만두고 볼 호류암이 아니다.

그는 정신을 타락하고 지배하는 탈령술과 그림자를 비롯한 어둠으로 이차원의 공간을 여는 절정의 암령술.

끝으로 타오르지 않되 숯처럼 그 열기를 간직한 겁화비령술의 달인이었다.

그의 불에 당하면 피륙은 그대로이나 뼈와 혈관이 녹아내린다.

천장에서 뚝 떨어지며 철퇴로 대리석을 후려친 그가 양손을 맞잡았다.

왼손의 중지를 굽히고 오른손의 약지와 검지만 피더니 교차하여 손바닥을 훑으며 수인을 달리 맺었다.

마침표를 찍듯 미간에 자리한 세 번째의 눈이 뜨이며 스산한 빛이 감돌았다.

그 순간, 시간이 느려졌다. 정확하게는 호류암의 신경이 가속했다.

그는 팽팽하게 당겨져 가속한 시간 속에서 연거푸 수인을 맺었다. 몸을 날리고 테이블 아래 숨는 이. 마법을 쓰고자 겨누는 이. 문신술을 활성화하는 이. 비상 연락을 어떻게든 취하려는 이들을 모조리 범위에 두었다.

열일곱 명 하나하나에 다섯 번의 손동작을 매듭지었다.

순간, 호류암의 팔이 백여 개로 뻗었다가 수인을 맺었고 돌리는 그의 얼굴이 일곱 개로 잔상을 남겼다.

괴이한 그 모습 이후 열일곱 개의 그림자가 그 주인의 발목을 꽉 붙들었다.

철퇴에 다소 으깨진 대리석의 빛이 그림자를 길게 만들고 호류암이 술법을 완성하며 그림자에서 뻗어 나온 검은 촉수가 저들을 잡아당기는 데까지는 찰나의 간격만 있었다.

"암령술! 코마족 따위가 감히!"

"광명이여! 희망의 불씨여!"

공격하려던 젊은 마법사가 술식을 바꾸었다.

주문이 뒤집혀 지팡이 끝 수정구에 순백의 빛이 응어리졌다. 확 퍼지는 빛이 자신들의 그림자를 지우는 사이.

"얕보지 마라!"

으르렁거리는 짐승의 울부짖음과 두꺼운 안경을 쓴 관리인의 옷으로 근육이 팽창했다.

활성화한 문신술로 끌어당기는 촉수를 움켜쥔 것. 팽팽한 줄다리기를 하며 버티는 사이 수중의 책을 던져 비상벨을 울리려 했다.

가장 몸이 빠른 자. 연락책을 담당하고 있는 그는 당직사관인 오코스였다. 그러던 그의 몸이 덜컥 멈췄다. 꿈쩍도 않는 고개가 돌아갔다.

"능동적인 움직임. 살아 있음이 느껴집니다."

떨어지는 돌처럼 내려서는 호류암의 입가에 웃음이 맺혀 있었다. 그는 광대처럼 양팔을 들었다.

"부수기에는 모름지기 단단한 것이 재미있으니까."

우왕좌왕하는 것 없이 제대로 교육받고 통제된 행동들을 보라. 처음 보는 현상에 어찌할 줄 모르는 여타 왕국이나 마을과는 달랐다.

떨어질 줄 모르는 사기와 저 투지야말로 왕국과는 차별화된 제국의 힘 아니던가.

"자, 움직이십시오."

땅에 박힌 철퇴를 집어 든 그가 가까이 있는 이에게 다가가 휘둘렀다.

수박 터지듯 상체가 산산이 으깨져 날아갔다. 살점과 뼈. 핏물이 뒤에 있는 이를 흠뻑 적셨다.

문신술을 활성화하여 촉수와 줄다리기를 하던 이는

입에 들어오는 동료의 피를 뱉었다.

"말도 안 돼. 어떻게 한낱 그림자가 빛에 저항하는 거지?"

마법의 빛을 비추던 학자가 불신에 눈을 했다.

두려워하면서도 의문에 찬 그는 어떤 순간에도 학구열을 불태우는 학자다웠다.

"어설픈 암령술과 내 것을 비교해서야 되겠습니까."

철그럭철그럭거리며 축 늘어뜨린 철퇴가 횡으로 움직였다.

그것은 학자의 하반신을 으스러뜨렸다. 뒤이어 왼쪽 가슴을 관통하자 등을 뚫고 나온 손에 꿈틀거리는 심장이 들려 있었다.

움켜쥐었다. 자신의 심장이 터지자 사내의 몸이 파르르 떨더니만 호류암의 손에 기대어 목이 꺾였다.

비상벨을 향해 책을 던지려던 자세, 그대로 이를 보는 오코스는 절로 모르게 아랫도리를 적시고 말았다.

하체로부터 피를 쏟아 내던 마법사. 심장이 뻥 뚫려 떨어진 그의 상체가 퍼득퍼득거린 탓이었다. 그 위에 선 호류암이 말했다.

"언데드는 아주 훌륭합니다. 조각난 뼈, 흩어진 살이라 해도 모으면 뭉쳐지고 이으면 붙지요. 자, 당신도 할 수 있습니다."

그의 말에 죽은 학자의 상체가 움직였다. 그는 터진 심장의 피와 살을 기어가서는 자신의 뚫린 가슴에 쓸어 담았다. 뒤이어 저만치 날아간 하체를 찾아 기기 시작했다. 죽어도 죽을 수 없다는 공포는 문헌으로 접한 것보다 더욱 끔찍했다.

호류암은 하나씩, 그렇게 다른 이들을 죽였다.

잔인하게 죽은 살덩이들은 움직였고 텅 빈 눈을 한 채 오코스를 향했다. '동료여, 우리와 같이 되자! 이제 너 하나만 남았다'고 말하는 것처럼 느껴졌다.

"부탁입니다. 꼭 죽여 주십시오. 저는 저렇게 살고 싶지 않습니다."

한번 말을 멈춘 그는 눈을 질끈 감았다.

"제발……."

"가족도 만나야지요. 이렇게 죽어서야 되겠습니까."

목 놓아 울었다. 움직이지 않던 몸이었건만 그는 무릎으로 기어 호류암의 다리에 매달렸다.

그런 오코스에게 제각각 죽은 동료의 얼굴이 보였다. 하체가 날아간 이는 땅을 기다가 그를 본 것이었다.

피에 물든 치아. 쓸려서 닳아 버린 얼굴이 다가왔다. 기겁한 오코스가 엉덩방아를 찧었다.

공포에 질린 그의 의식이 완전히 사라지는 것은 두 눈을 가득 채운 호류암의 손이 그의 얼굴을 덮는 순간이었다.

차라리 죽는 것이 반가웠다.

"좋은 꿈을 꾸나 보군."

호류암이 손가락을 튕기자 건틀릿의 금속음이 울려 퍼졌다.

착지한 호류암은 부서뜨린 대리석 조각과 함께 떨어지던 자신의 철퇴를 받아 들었다.

소음이라고는 내려가는 물소리에 묻힌 대리석 부서지는 소리. 그리고 자신이 착지하며 난 것이 끝이다.

그는 좌중을 훑었다. 그림자에 물들어 암회색이 된 저들. 그리고 타깃으로 정한 연락책, 오코스만이 우두

커니 서서 텅 빈 눈을 하고 있었다. 꽤 두려웠는지 침을 질질 흘리고 바지를 척척하게 적신 상태였다.

비상벨 옆의 촘촘하게 난 구멍으로 소리가 들렸다. 녹색 빛이 반짝이자 호류암은 오코스에게 손짓했다.

고개를 끄덕인 그는 버튼을 누르고 말했다.

"03시 정기보고. 수문통제소, 이상 무."

뒤이어 하나둘, 검회색으로 물든 다른 시체들이 일어났다.

"약해 빠진 것들."

무덤덤하게 내뱉은 호류암은 그들에게 지시했다. 역방향의 수문을 열고 강물 위를 떠도는 각 섹터를 충돌시키라고 했다.

일련의 일을 마친 그가 탑의 정상에서 본 것은 펠마돈의 비서 위에 다소곳하게 있는 오네트의 머리였다.

그는 여인의 머리통을 날리고 피란츠가 남긴 흔적을 쫓았다. 산호 장식물 속에서 열쇠를 찾은 그가 이를 꽂았다. 펠마돈의 비서는 분명히 아무나 손댈 수 없는 물건이었다.

그러나 호류암의 정신력은 이를 감당할 수 있었고

물의 탑 역시 반동에 대비한 마법진이 너끈히 작동하
는 곳이었다.

움켜쥔 그가 키를 움직였다. 스프라디 강의 물이 점
점 치솟기 시작했다.

카이룬 성에서 번뜩이는 뇌광과 함께 성벽 일체가
폭사한 것 역시 그때였다.

발테리아스에 견주고자 했던 뇌전검 피란츠의 궁극
기였다.

"천둥검이로군. 실로 오랜만이구나."

호승심이 일은 호류암도 자신의 기술인 겁화비령술
로 강물을 들끓게 했다.

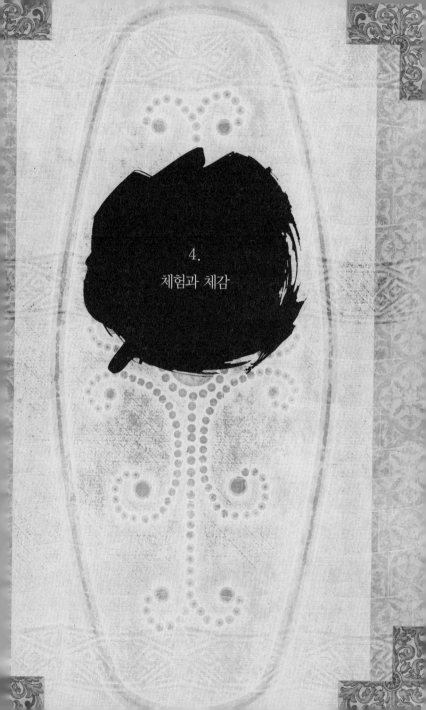

4.
체험과 체감

　나는 드높은 하늘에서 내려다보고 있었다. 그 가운 데 하나의 생각과 선택, 이로써 하나의 삶이 빚어지며 운명이라는 형태의 씨줄과 날줄이 엮이는 모습을 보았 다.

　에일락 반테스의 목소리가 구름 너머로 들렸다.

　[자네가 그 힘을 쓸 줄 알았지.]

　그것은 죽은 자로서 다시 기회를 잡은 실란과 테올 드, 뮬락과 피란츠, 그리고 호류암이었다. 본래 존재 하지 않았어야 할 생명이 세계에 제대로 안착했다.

에일락 반테스가 일그러진 륜을 사용하면서부터 발생한 일이었다. 그즈음 다시금 일렁이는 깜빡임이 보였다.

[복수와 투쟁을 본 기분이 어떤가?]

영상 속에서 미세하게 보인 잡신호는 이들의 분기점을 나타냈다. 간섭하고 어우러지며 new century라는 세계에서 인정받게 되는 순간들이었다.

나는 눈을 북쪽으로 돌렸다.

이 모든 일을 준비한 자, 에일락 반테스가 저곳에 있는 까닭이다.

"내게 무슨 말을 하려는 겁니까?"

영상 속의 시간은 과거였다. 에일락 반테스의 5성 장군들이 제국을 상대로 일을 벌였고 그 역시도 언데드라는 종족을 만들어 내고자 힘쓰는 시간이었다.

반면, 월향과 이용택을 만나고자 내가 비행기 안에 있는 시간은 현재였다.

즉, 영상을 통해 마주한 에일락 반테스는 실체가 아닌 기억이며 그가 남긴 사념체인 셈이다.

나는 그가 남긴 메시지를 듣고자 북쪽의 도시, 즈운

으로 방문했다.

라탄트라가 승격하며 남은 즈운의 잔재는 더욱 화려하고 넓게 확장된 모습이었다.

사대 속성력이 치솟던 우물은 물론 풍부한 자연력이 일대를 푸른 초원으로 만들었다.

그 공간에서 그와 내가 대화했다. 마치 처음 마주하였을 때가 생각났다.

허물어져 가는 고성이었던 것과 달리 지금은 찬연하도록 화려한 세력을 거느렸다는 점만 차이 날 따름이었다.

성벽 위에서 마주 보았다.

[떠나고 갔을지라도 자리는 온전하더군. 유용하게 쓰고 있다네.]

"알고 있습니다. 어떤 식으로 완성했고 어떠한 전투를 지속할지도요. 내가 궁금한 것은 왜 이러한 상황을 연출하였느냐는 겁니다. 설마 나를 적대하려는 건 아닐 텐데 말이지요."

[맞아. 불가능할뿐더러 그래서도 아니 되지. 설혹 내가 승리한다 해도 자네가 죽으면 나 역시 죽는 탓이

지. 공동운명체거든. 이런 식이 있기는 하지만 말일세.]

에일락 반테스가 양손을 펼쳤다가 맞잡는 시늉을 했다.

단순히 봉인하고 부활의 매개체가 되는 것이 아니다.

일그러진 륜을 통해서만 소멸시킬 수 있는 존재가 나였고, 또한 에일락 반테스였다.

"이런 장치를 해 둔 의도가 고작 그거입니까?"

[맞네. 보여 주고 싶었거든. 또한, 느끼게도 해 주고자 하였고.]

지혜의 극점을 달리는 지금의 상태. 나아가 에일락 반테스가 준비한 정지된 영상 속에서의 대화이기에 나는 그의 의도와 목적을 모두 이해하고 있었다.

내 마음 한구석에 피어오르던 불안감은 사실상 불가능하다는 결론으로 귀결했다.

그와 나와 수직적인 관계는 수직적이며 일그러진 륜의 영향력 역시 마찬가지였다. 그럼에도 '혹시' 하는 불안감이 들게 할 만큼 그는 뛰어났다.

[아울러, 나는 고작이라는 자네의 표현을 통해 오히려 확신했다네. 꼭 필요한 선물이었다는 사실을.]

"방관자적으로 사는 삶에 생동감을 불어넣고자 하는 것. 이를 복수라는 원초적인 감정에 휩싸인 부하들을 통해서 실감하게 해 주겠다…… 이해했습니다. 하지만 사람에게는 저마다의 삶이 있고 답이 있는 법입니다."

[그리 생각하는가?]

"책임질 일을 마무리 짓는 대로 행복을 누리려고 하여진 지 오래입니다. 이미 그리 살아가고 있고요."

[정말 그리 여기는가? 치열함도 없고 어떤 실수와 잘못일지라도 능히 되돌리며 바로잡을 수 있는 것이? 더 넓고 높은 세계가 있음에도 외면하고 좁은 울타리에서 살아가는 자네가?]

에일락 반테스가 내 머리를 가리켰다.

[자네가 천착하고 있는 신뢰라는 가치가 무엇인지는 깨우친 것으로 아네. 집착이며 자기 보호의 발전이라는 사실이지. 그럼에도 이를 옳다고 합리화하며 신전까지 이룩했어.]

뒤이어 가슴을 가리켰다.

[스스로 어리석다고 여기며 나는 이러하다 정의하고 있네. 그리고 안주하지. 이것이 완성형이라고 말이야.]

"선택하라 이거군요. 지켜보며 취하는 삶이 아니라 하나를 오롯이 추구하고 살아가라고 말입니다. 한나의 조언과 같네요."

[한나? 그 아이가 그리 말하던가?]

"루두무라스의 시험을 거치며 가공된 미래를 경험하고 왔습니다. 이상적인 이한나의 모습이 그때 나타났는데 그녀도 비슷한 조언을 했었지요."

피에로의 시험에 대해 간략히 추가설명을 해 주었다.

가능성이 발현된 완전한 미래와 함정에 대해 일러주자 그가 웃었다. 천공수에서의 보석과 소원을 통해 신진권의 모든 잔재 역시 해결했음도 덧붙였다.

"하나는 예상치 못했지만요. 제국의 요직에 있는 자가 현대의 모든 지식을 갈무리한 모양입니다. 저토록 급격한 무기 개발에 착수할 줄은 미처 예상 못 했네요."

[신진권이 아닌 제국인의 자아가 중심인 탓이지. 만약 그가 오롯이 차지했더라면 자네를 의식했을 걸세. 저처럼 무분별하게 온갖 물건을 만들지는 않았겠지. 저걸 보고 자네가 어찌 행동할지는 불을 보듯 빤하거든.]

맞는 이야기였다. 강림하듯 나타나거나 다른 육신을 차지해서는 저 흔적을 깡그리 없앨 것이다.

이유는 시대적으로도 존재하지 말아야 할 다른 세계의 문물인 탓이었다.

하지만 지금에 와서 저 흔적을 없앨 방법은 실로 요원했다. 이미 퍼질 만큼 퍼졌고 지식은 공유된 상태다. 저 흔적을 싹 지우려면 린티놀 제국은 물론, 대륙 전반에 걸친 물갈이를 해야 할 정도다.

[사신씩이나 된 자넨 신경 쓰지 않을 테고, 이 역시 신진권도 알겠지. 정확하게는 자네를 오해하고 두려워하는 것이지만 말이야.]

"맞습니다. 있지 말아야 할 것. 오류를 바로잡고 나로 말미암은 일들이니 모두 정리할 밖에요."

[설혹 1억 명의 인명을 해치는 한이 있더라도?]

"규칙이 그렇습니다. 거듭 말하지만, 당신의 의도는 이해하고 있으며 지금의 삶이 내가 선택한 평화입니다. 나는 이 평화를 영위하기 위해서라면 무슨 짓도 할 수 있습니다."

[자네 가족들은 그런 모습을 원치 않을 걸세.]

"그들은 알지 못합니다."

영원히 알 수 없을 것이다. 그러한 내 시선에 에일락 반테스는 자신의 수하들을 비추던 것을 멈추었다.

[마지막으로 하나만 더 보여 줌세. 대수롭지 않은 것이긴 하네만, 이를 봄으로써 내 뜻은 모두 전해졌다고 보네. 최종 판단은 모두 자네의 몫이고.]

"더 볼 것도 없을 텐데, 시간을 끌려고 하는군요."

[이성이 아닌 감성의 영역이기에 그렇다네.]

이윽고 그는 자신이 겪은 다른 영상을 보여 주었다.

[나간 후 지금의 영상을 자네의 가족들에게도 보여 주게나. 그리고 어찌 생각하는지를 듣고 판단하시게.]

이를 끝으로 맞잡았던 두 손을 거두었다.

생각만큼 위험하고 오래 걸리지는 않았다. 내 사정

을 잘 아는 에일락 반테스답게 짧은 구간의 영상만큼 정보를 압축하여 전달한 덕분이었다.

어느덧 이용택과 월향이 수련하는 섬이 보였다. 나는 학예회를 찾아가 사진을 찍고 응원을 해주는 심정으로 마중 나온 그들에게 손을 흔들었다. 둘은 예나 지금이나 건강하고 한결같은 모습이었다.

우선은 영상을 보여 주기에 앞서 저들이 자랑하려는 작품을 관람했다. 월향이 내게 보여 준 것은 매우 익숙한 형태의 힘이었다.

"지난번에 루두무라스에서 피에로를 상대하며 엔트로피의 차원을 언급하신 바 있습니다. 이에 착안하여 현실계에서도 임의의 정령계를 구축할 수 있다는 사실에 주목했지요."

그러며 손을 지그시 내렸는데 전면의 장식물이 위에서 찌그러지며 바닥에 처박혔다. 중력을 가중시킨 것이었다.

"라탄트라의 초월이 상위 정령계를 독점하며 이루었듯이, 하나의 세상을 소유한다면, 그것으로 법력을 대신할 수 있지 않을까. 그와 비견할 수 있지 않을까 하였습니다. 수련에 도움이 되면서도 강력한 힘. 이로 낙점한 것이 중력의 정령이었고요."

쇼크웨이브를 심도 있게 파고들어서 쓰는 기술이 아니었다. 정령과의 계약처럼 new century의 핵심 법칙을 통해 중력 자체에 계속 자신의 의식을 투사했다. 그 결과 땅속의 존재와 소통하는 데 성공했고 그녀는 중력의 정령이라고 이를 명명했다.

에일락 반테스의 기억을 보았다면, 개발하지 않았을 텐데 다른 길로 같은 정상에 올라 버린 셈이었다.

그녀는 언제고 모힘트라와 같은 이가 나타나더라도 꼭 신전을 지키고 말겠다며 의지를 다졌다.

그때 이용택이 은근한 투로 말했다.

"아내와 놀이동산에 다녀올 테니 너도 월향과 함께 다녀오너라. 그 인증샷이란 것도 찍어서 추천도 해 주고. 어때, 한가하지? 세상천지 네가 제일 한가해 보이니 약속도 없을 테고."

"오늘 오후에 한나한테 들르는 걸 빼면 사실 계획이 없긴 하죠."

"우린 내일부터 휴가다."

월향을 딸처럼 챙기는 이용택의 말이었다. 나는 슬쩍 딴청 피우는 그녀를 힐끗 보고 흔쾌히 이를 승낙했다. 거절할 이유가 전혀 없었다.

이후 정혜란이 차린 건강 식단을 함께 먹고 나눌 때쯤 말했다.

"영화 한 편 보시겠습니까? 에일락 반테스가 new century에서 벌인 장면인데요."

"그가? 기대되는군."

"무섭거나 잔인한 건 아니죠?"

"전혀 아닙니다, 사모님. 분위기만 그렇지, 잔인한 장면은 조금도 나오지 않거든요. 에일락 반테스가 한창 언데드 군단을 이끌고 다니던 때의 한 신입니다."

안락한 식사를 마치고 느긋하게 차를 마시며 영화를 관람했다.

✕   ✕   ✕

에일락 반테스가 한 무리의 여행자를 마주한 것은

얕은 산등성이에서였다.

수십만을 넘는 군대의 움직임 아래에 산야가 온전한 모습을 갖고 있을 리 만무했다.

평탄한 길만 찾아서 우회할 이유 역시 없는데 하물며 땅을 딛는 수많은 발굽은 독성과 시체의 기운이 물씬 풍기는 언데드들이다.

길이 없으면 만들었고 가로막는 것이 있으면 베고 짓밟으며 전진에 전진을 거듭했다.

에일락 반테스가 질주하는 채로 손을 펼칠 때마다 넓은 파문을 일으킨 마력이 해일처럼 땅 위를 넘실거렸다.

그러노라면 객지에서 묻힌 시체부터 오래전 뼛조각들이 저마다 몸을 일으키고 합쳐졌다. 세상에 수많은 생명이 살다 죽어 가듯 보충할 병사는 무궁무진했다. 그 광포한 진군이 숨겨져 있던 무언가를 건드렸다.

[은자들이 있던가?]

무분별하게 전진하던 군세가 갑자기 와르르 무너졌다. 솟구치는 검광에 활활 타오르는 신성력이 병사들의 몸을 타고 파도처럼 퍼져 간 것이다.

초인 급의 존재들과 각각의 병기를 든 적들의 출현은 놀랍게도 이름 모를 작은 산속 마을에서의 일이었다.

허름한 복장의 사제는 기도만 올리는 허약한 이가 아니었다. 두 주먹은 강철 같았고 뿌리박은 다리는 지면을 쩍쩍 갈라지게 했다. 균열에서 마그마가 치솟듯 신성력이 분출하더니만 그 기세를 따라 하급 언데드들이 한 줌의 재가 되어 무수히 날렸다.

짐승 가죽으로 질끈 묶은 창과 활을 든 사냥꾼 역시 남달랐다. 질풍과도 같고 돌풍을 일으키는 창술은 점멸하듯 광채가 번쩍였는데 그때마다 직선상의 스켈레톤 나이트들이 하염없이 날아갔다.

쾌속하고 강맹하기 그지없었다. 짐과 아기를 둘러업은 마을 사람들이 피난 중이고 이를 앞에서 지휘하며 활로를 모색하는 이의 몸놀림도 다리를 이용한 격투술은 지극히 생소한 바다.

연구할 가치가 있었다.

"좋은 재료들이네요. 제가 하나 맡아도 될까요?"

[그리해라. 퇴로를 견고하게 막고.]

"네. 의로운 척하는 자들이니만큼 인질을 붙잡으면 충분할 거예요. 저런 족속들은 정의롭고 양심적인 일에 치중하곤 하니까요."

이들은 본 실란이 웃음을 지었다. 마침 아홉 명이 넘는 제국의 초인을 상대로 곤란했는데, 하늘에서 복덩이가 넝쿨째 떨어졌다. 평화롭게 살던 저들에게는 더할 나위 없는 비극이었겠지만 말이다.

그란디움 발베란이 시린 빛을 내뿜었다.

뽑힌 그의 검이 종으로 그어지는 순간, 전면을 벼락처럼 가르는 광검이 사제에게 작렬했다. 이글거리는 양 주먹으로 깨뜨린 그가 불같은 눈으로 에일락 반테스를 노려보았다.

"이 마물아, 우리를 노리고 온 거냐!"

두 주먹을 쾅 맞부딪친 사제의 몸으로 이글거리는 불기운이 용솟음쳤다.

두 눈은 물론, 대충 묶은 말총머리마저 솟구치는 위세로 그가 둔중한 걸음을 내디뎠다.

일보, 일보가 땅에 맞닿노니 원형을 그리는 파형이 중첩되며 활활 타오르는 불의 벽이 만들어졌다.

붉은 불, 푸른 불, 하얀색의 불. 그 중심에 황금색으로 일렁이는 사제의 육신이 있었다. 인간이라기보다는 불의 정령과도 같은 위용. 그러나 속성의 마력이 아닌 신성력을 토대로 타오르는 불이었다.

[신실한 자로고.]

성화(聖火)다. 불의 신 니아스박의 종이 쓰는 가장 신성한 불. 최하 주교 급이며 교황이나 쓸 법한 최고도의 신성 마법이었다. 그런 자가 이 외진 산골짜기에 왜 은거했는지는 확실히 의문이다. 그러나 이는 중요치 않았다.

자리 다툼에서 밀렸든지, 개인적으로 환멸을 느꼈는지, 더 큰 무언가를 위해 수도 중이든지 모두 의미는 없었다. 왜라는 의문은 대상을 이해할 때 사용한다. 지금처럼 행동할 때는 어떻게라는 해법이 가장 알맞았다.

[은거하였다고 귀까지 닫아서야 쓰겠는가.]

손을 내민 에일락 반테스에게 실란이 기마병의 창을 바쳤다. 눈보라처럼 휘몰아친 환혼력이 창을 뼈대 삼아 둘둘 휘감겼다.

강철창의 크기를 얼음으로 세 배까지 키운 그가 이를 화염의 사제에게 내던졌다.

유성처럼 은빛 궤적을 남긴 창이 불의 장벽을 관통했다. 적염을 관통하고 청염에서 창끝이 녹았으며 백염에서 환혼력의 창이 그 하얀 뼈대를 드러냈다. 이는 사제의 육체와 부딪쳐 산산이 부서졌다.

[나의 군세를 보라. 한낱 너희를 노리고 왔겠느냐.]

"지나는 길에 우연히 밟혔을 뿐이라는 거군!"

에일락 반테스의 군대는 말 그대로 산야를 황무지로 만들며 진군했다. 지금까지 은연중에 초토화된 마을과 도시가 수십이다.

나름대로 격한 저항을 했으나 홍수에 쓸려 내려가듯 무력하게 죽었을 따름이며 그중에는 이름난 용병부터 기사들까지 숱하게 있었다. 그리고 에일락 반테스의 관심을 끌 정도의 인물은 존재치 않았다.

"허튼 짓거리를 했군. 이봐, 말이 통하는 언데드 장수야. 우리를 놓아 줄 수는 없느냐?"

[그대들 셋이 내 휘하에 들어온다면 놓아 주겠다.]

"빌어먹을 일이군!"

어금니를 꽉 문 사제가 두 주먹을 에일락 반테스에게 겨누었다. 그는 외부로 발산했던 불의 장벽을 차츰차츰 거두고 이를 옷처럼 몸 위에 두르기 시작했다. 이윽고 통통 튀듯이 몸을 뛰더니만 땅을 박찼다.

그의 돌격에 가로막은 백골 병사들이 젤리처럼 녹아내렸다. 에일락 반테스의 경지를 읽고는 그를 붙들어 두지 않는 한 탈출할 수 없음을 직감한 것이다.

영리한 판단력이었다. 물론 어검술을 쓰면 일격에 끝낼 수 있다. 다만 사제의 실력을 보고자 하였기에 에일락 반테스는 손속을 어울려 주기로 했다.

양손을 내뻗어 다른 움직임을 보였다. 왼손은 부드러운 머리칼을 쓰다듬듯, 현악기를 탄주하듯 두드리며 쓸어내리니 108수의 환혼장벽이 면면히 펼쳐져 폭포수처럼 사제를 덮쳤다.

오른손은 장전한 탄환처럼 감아쥐었다가 내뻗었다. 그와 사제를 잇는 점이 찍히고 일점 집중된 거력이 쏘아진 대포의 탄환처럼 날아들었다.

"와라, 사악한 것을 불사르는 이것이 성스러운 불이니라!"

천지를 가득 채우는 에일락 반테스의 환혼력에 사제가 몸을 웅크렸다가 활짝 펼쳤다. 체공하며 젖힌 오른손을 냅다 내리꽂는가 싶더니 그 관성을 따라 그의 몸이 빙글빙글 회전했다.

태풍의 핵이라도 된 양 불의 소용돌이를 일으켜 환혼장벽에 맞대응했다. 환혼장벽이 맥없이 텅텅 깨져 버렸다.

뒤따르는 일점집중의 권을 사제는 그대로 맞부딪쳤다. 그물망처럼 출렁인 화염의 소용돌이가 움푹 들어가더니 에일락 반테스의 권을 튕겨 냈다.

에일락 반테스가 마상에서 손을 위로 들었다가 내리눌렀다.

중력의 비전을 쓰며 대수인으로 찍어 누른 것. 수평적 공격에서 수직의 압력이 가해지니 사제의 바람이 풍선 터지듯 그대로 와해하였다.

"승천하라!"

맨몸이 드러난 그가 역회전하더니 땅을 쾅 내리찍었다. 일순간 공기가 불타오르더니 에일락 반테스의 손에 따스함이 전파됐다.

자신의 스킬을 공간을 격하고 불태우고 간섭한 여파였다. 그 파동에 에일락 반테스가 주목했다.

[훌륭하다.]

겉으로 보이는 불꽃보다 사제의 실질적인 무력이 되는 힘은 저 진동이었다.

흥미롭게 본 에일락 반테스는 사제로부터 두 가지 극의를 훔치고자 마음먹었다. 하나는 신체 강화의 묘이며, 둘은 격투의 묘였다.

만약 지금이 전쟁의 한복판이었다면 이와 같은 여유를 부리지 않았을 것이다. 그러나 저 영웅들은 애석하게도 전장을 잘못 선택했다.

[실란.]

사제의 마그마처럼 품은 가공할 열기에 집중하고 있던 실란이 채찍을 뒤로 뻗었다.

허공을 찌르며 날아간 채찍의 끝이 정확하게 날아오는 화살의 촉과 부딪치며 폭발했다.

그녀의 어깨가 들썩였다. 그뿐만 아니라 파편 속에서 작은 화살이 숨었다가 소리 없이 파고들기까지 했다.

이를 손으로 잡아챈 에일락 반테스의 손가락 틈새로 작은 빛이 뿜어졌다.

이 역시 광검의 경지다. 화살로 빛을 쏘는 실력은 제법 비범했다.

"예사 화살이 아니네요. 게다가 전방에서 쏜 화살이 후방에서 날아오다니."

[가서 경험하고 배우고 오너라. 포로는 절대로 죽여서는 안 된다.]

"염려 마세요, 아버지. 살려 둬야 실력을 다 뽑아낼 수 있을 테니까요."

에일락 반테스의 검집에서 시린 청광이 비쳤다. 스스로 뽑혀 날아간 그란디움 발베란이 허공을 격해 활을 겨누고 있던 사냥꾼에게 부딪쳤다. 창으로 응수하며 쳐 내고 막아 내는 사냥꾼의 표정에 일순 당혹이 스쳤다.

그사이 실란은 군대로 마을 사람들의 탈출로를 봉쇄하는 한편 저들을 이끄는 권각술의 사내에게 다가갔다.

한 수 배우고 오라는 말에 관심과 호기심을 품었던

실란의 표정은 사내를 가까이서 봄과 동시에 싸늘하게 굳었다.

그의 마력이 문신의 형태를 띠고 있음을 본 탓이었다. 먼 거리이고 군대에 가로막혀서 구체적으로 보지 못했었지만, 지금은 여실하게 보였다.

형태가 다른 문신술이라는 것을.

"제국의 개였단 말이지?"

투구를 벗은 그녀가 입가를 혀로 핥았다. 본능적으로 느껴지는 혐오감에 소름이 싹 돋았다.

자신의 분노는 오직 저것들을 도륙하는 것에 미치도록 반응하니까. 더군다나 이만한 경지에 오른 문신술의 전사가 제국 정통이 아니라는 건 상식적으로 불가하다.

하지만 대장군이 실력을 보고 포로를 죽이지 말라고 했으니 이를 지킬 요량이었다.

그녀가 사내를 도발했다.

"승부를 보는 게 어때? 나를 이긴다면, 사람들은 풀어 줄게."

두 다리로 스켈레톤 나이트를 으스러뜨린 사내는 몸

에 피칠갑을 한 상태였다.

놀랍게도 온 반향에서 마을 사람들을 공격했거늘 아이를 업고 수레에 환자를 실어서 이동 중인 저들은 허름하고 지쳤을지언정 다친 이가 없었다.

그가 온몸을 던져가며 막은 탓이었다. 실란이 '오~' 하며 손뼉을 쳤다.

"훌륭해. 나도 예전엔 그럴 때가 있었거든. 아군을 하나라도 더 살리려고 했고, 적에게조차 인간적으로 대하는 거 말이야. 약자를 지키는 명예로운 방식이었지. 뭐, 잡히고 나니 명예 따위는 개도 안 먹을 것에 불과했지만 말이야."

그녀의 입가가 씰룩였다. 눈가가 붉어지고 육체가 변형되려는 것을 느낀 실란은 투구를 얼른 썼다. 흥분은 하지 않는 게 좋았다.

하지만 이를 잘 알면서도 명색이 아군이었던, 휘하였던 것들이 변절하며 자행한 짓거리를 생각하니 화가 치밀었다.

그녀가 숨을 길게 내뱉고 한껏 마셨다. 이를 돕듯에일락 반테스의 환혼력이 구릉을 완전히 지배하고 있었다.

저 서늘함이 그녀를 이성적으로 만들어 주었다.

"그 말을 어떻게 믿겠소? 언데드에게 신의가 있다는 말은 들어 본 적이 없소이다. 하물며 그들을 인솔하는 흑마법사의 무리를 내 어찌 믿겠소?"

"흑마법사 따위랑 나를 비교하지 마."

실란은 손가락을 튕겨 지휘 스킬을 사용. 흉흉하게 노려보던 키메라와 언데드 군단을 질서정연하게 물렸다.

넓은 사각의 경기장을 만든 그 중심에서 그녀가 손을 뻗었다. 건틀릿을 벗은 실란의 팔이 꿈틀거리더니 거대해져서 인간의 것이 아닌 형태로 바뀌었다.

쭉쭉 뻗은 핏빛 주먹을 꽝 내려친 그녀가 다시금 형태를 바꾸었다.

하얗고 곱디고운 여인의 손으로 돌린 실란이 건틀릿을 다시 착용했다.

"내가 인간으로 보여? 그리고 이렇게 대화하는 언데드는 만난 적이나 있고?"

"신종 키메라였나?"

"망국인 그란시아 왕국의 에일락 반테스 대장군을
모시는 5성 장군, 실란 미세란스다. 식견이 부족해도
벌써 잊혔으리라고는 생각하지 않는데. 틀렸나?"

사내가 절도 있는 그녀의 모습을 보았다. 그는 저편
에서 한 자루 검을 상대로 사력을 다하는 사냥꾼과 근
접전에서 연신 물러나고 있는 사제를 보았다. 비로소
상황을 파악했다.

"필카스 코니툼. 한때 란티놀 제국의 13가였으나
멸문당한 코니툼 가문의 마지막 생존자입니다. 가문과
그 뿌리는 잊었으나, 이리 소개하지 않을 수 없음을
이해해 주시기를. 이곳은 모두 제국과 연이 끊어지고
버려진 자들만 있습니다."

"전부?"

"각자의 사연으로 모두 환멸을 느끼고 조용히 살고
자 한 이들입니다. 비록 구심점이 되기는 했으나 바깥
의 어떤 명리에도 관심이 없지요. 한데, 한낱 흑마법
사들이 되살리기엔 너무 큰 분들 아닙니까?"

"아부가 제법인데?"

실란이 그의 말에 눈을 빛냈다. 말이 좋아서 환멸을

느끼고 은거했다는 것이지, 적나라하게 말하면 이들은 패배자에 불과했다.

강하고 단단한 자들은 적을 꺾을지언정 자신이 숙이지 않는다.

이런 자들이 대의가 사라지면 놀랍도록 쉽게 배반하는 비겁자가 된다. 그러나 평소 같았으면 냉소하고 처리했을 테지만, 지금은 달랐다.

회피한 것치고는 제법 그 경지가 높았다.

필시 바깥에서 떠밀렸을 때는 약했을 테지만, 이곳에서 저만큼 실력을 키운 것일 터. 굳이 인질을 상대로 전력을 이끌어 내지 않아도 되었다.

"맞아. 그래서 주제도 모르는 흑마법사들은 싹 다 죽었어. 그리고 대장군께서는 신격을 성취하시려고 하시지. 한낱 언데드가 아닌 새로운 종의 로드로서 말이야."

"그게 무슨 말입니까?"

"너희처럼 늙고 병들지도 않고, 저것들처럼 고약한 시체도 아닌 영원히 건강하며 추하게 늙지 않는 삶이 보장된다는 거지. 나와 대장군처럼 되는 거야. 자, 허튼 소리는 여기까지 하고~"

피식 웃은 그녀가 어깨를 으쓱해 보였다. 엑탈렘 채찍을 늘어뜨렸다.

"내 명예를 걸고 약속할게. 너와 저쪽의 두 명이 도망하지 않는다면, 사람들은 죽이지 않겠어. 만약 네가 나를 쓰러뜨린다면 모두 살려 보내 줄게. 이건 대장군께서도 약조하신 내용이야."

달콤한 제안을 하는 그녀에게 필카스가 물었다.

"제가 패한다면 어떻게 됩니까?"

"좋아지지는 않겠지? 대장군께서 선처하실는지도 모르지만 말이야."

"반드시 이겨야겠군요."

"가능하다면 해 봐. 뭐~ 대충 마음에 들면 살짝 봐 줄게."

실란의 갑옷과 채찍이 혈광을 뿜고 필카스의 다리로 소용돌이가 일었다. 잠시 서로의 간격을 재던 둘이 격돌했다.

한편, 에일락 반테스는 파형과 파동의 요체를 근접전을 통해 송두리째 빨아들이고 있었다.

주고받던 공방이 차츰차츰 빗나가고 역공격을 허용하게 바뀌었다. 마치 마음을 속속들이 꿰뚫고 있는 듯한 대응이었다.

이를 사제가 모를 리 없었다. 평생 쌓아 온 무를 고스란히 빼앗기는 처참함에 그가 이를 악물었다. 싸우며 단점을 보완하고 장점을 흡수하는 상대, 거듭 성장해 나가는 괴물을 어찌해야 한단 말인가. 좌절감이 몸을 축축 처지게 했다.

그즈음 에일락 반테스가 사제를 치하했다.

[훌륭하다.]

"조롱하는 거냐!"

[인고의 시간을 어찌 무시하랴. 자질 없는 자의 피와 열정을 나는 높이 평가한다.]

천품의 무재 없이 이만한 경지에 올랐다. 사제의 재능은 범재의 그것이었으나 나름의 격을 성취할 정도에 이르렀으니 그 노력을 감히 누가 깎아내리겠는가.

쉬운 길이 아니었으리라. 성취를 얻지 못하였음에도 끊임없이 절차탁마했을 테니 그 끈기에 박수를 보냄이 옳았다.

다만, 그는 상대가 좋지 못했다. 동등한 자질로서 새로운 투로와 기법을 변용하고 창안할 수 없다면, 패배는 기정 사실이었다.

오직 단기전으로 승부수를 띄우는 방법에 다른 도리가 없다. 그 탓에 사제의 밑천은 고작 반 시간도 되지 못하여 바닥난 상태였다. 지금은 에일락 반테스의 좋은 훈련 상대에 불과했다.

[수고했다.]

신성력은 신체를 북돋고 활성화하지만 정화하여야 한다는 특성도 있는 바.

내부에 불을 품되 그 불을 체외로 둘러 몸을 비우고 순환하게 한다. 채우고 비우며 상생 순환할지니 이 과정에서 인간의 육체는 그 틀이 정령체나 단일 속성의 마력처럼 경계를 넘게 되었다.

이것이 불의 신, 니아스박이 전한 신성 강화술의 요체였다.

에일락 반테스는 가장 많이 취했던 사제의 동작을 취했다. 양손을 기도하며 합장하듯 맞잡은 뒤 가로로 눕히며 스치듯 비볐다.

중심부에서 푸른 환혼력이 회전하더니만 불길처럼 넘실거리며 일렁였다.

[이제 잠들라.]

환혼력이 불의 파동을 침투했다. 불꽃을 그 심지에서부터 얼리자 사제의 몸이 덜컥 멈추었다. 그 위를 에일락 반테스의 손이 덮었다.

딱딱하게 굳은 사제가 잘린 나무가 쓰러지듯 바닥에 눕고 말았다.

남은 상대는 창술사였다.

창술사를 맹렬하게 공격하던 그란디움 발베란이 스스로 검집에 들어왔다. 상대는 사냥용 활과 화살을 쥐고 겨누었다.

"활과 창의 기술이 각기 하나요. 이를 받아 내면 두말없이 항복하리다. 어떻소?"

[어차피 너희의 목숨은 내 손에 있다.]

말을 그리하면서도 에일락 반테스는 멈춰 서서 손짓했다. 공격을 허용해 주겠다는 의미였다.

창술사가 우선 활의 시위를 당겼다. 거머쥔 화살은 다섯 대였는데 집중된 그의 마력이 삽시간에 폭포수처럼 넘치며 화살에 스며들었다.

곧 투창처럼 거대한 다섯 개의 빛기둥이 만들어졌다. 활대부터 활시위까지 번쩍번쩍하는 모습이 가히 태양을 쏘아 떨어뜨릴 기세였다. 마력은 물론이거니와 근원이 되는 생명력까지 담은 화살이었다.

'항복을 받기 전에 죽을 심산인가.'

혀를 차는 순간을 빈틈으로 본 탓일까. 창술사가 시위를 놓았다. 쾅쾅거리는 드센 충격음이 일더니 다섯 대의 화살은 성난 야수처럼 에일락 반테스에게 달려들었다.

가로막는 것들을 관통하지 않고 찢어발기며 날아드는 화살은 돌연 다른 움직임까지 보였다. 두 대는 번쩍 치솟더니 독수리처럼 위에서 내리꽂혔다.

두 대는 좌우로 갈라져서 우회 기동하듯 좌우를 노렸고 정면의 한 발은 헤엄치는 물고기처럼 흔들흔들하며 표적지점을 알 수 없게 만들었다.

이에 대한 에일락 반테스의 대응은 양손으로 둥근 원을 그리는 것이었다. 그 손짓에 환혼장벽을 펼치듯 손그림자가 이루어졌고 다섯 대의 화살은 빨려들 듯이 그의 손에 잡혔다. 마치 퍼뜩퍼뜩 거리는 물고기를 맨 손으로 낚은 모양새였다.

"그걸 잡다니, 그렇다면 이것도 잡아 내는지 보겠 소이다."

망연자실했던 그가 화살통의 마지막 남은 화살을 잡 았다. 다섯으로 분산되었던 힘이 하나에 오롯이 쏠리 자 번뜩이는 빛살로 바뀌었다. 이를 쏘아 내는가 싶었 는데 이번 공격은 전혀 달랐다.

화살의 머무르는 빛과 동조하며 인근 수풀의 뾰족한 입과 나뭇가지, 돌조각 따위가 모두 공명하며 떠오른 것이다. 수만 마리의 벌 떼가 날아들듯 온갖 파편이 날아들 모양새였다.

대결용 기술이라기보다는 무리를 상대하기에 효과 적인 방법이었다. 저만한 것이 날아들면 그야말로 소 낙비를 때려 맞는 셈이다.

[확실히 이건 못 잡겠군. 한데, 그래서야 나를 이길 수 있겠나?]

정직하게 일권을 때렸다. 운집한 화살과 파편들이 거대한 망치에 두드려 맞은 양 뻥 뚫리며 창술사가 뒤로 나동그라졌다. 두 동강 난 활을 내팽개친 그가 창을 움켜쥐었다.

"아직 끝나지 않았소!"

[창술이라면 나도 제법 하지.]

마상용 창을 스켈레톤 나이트에게 받은 에일락 반테스가 그와 창술을 나누었다. 그리고 사제 때와 똑같은 상황이 반복됐다.

상대의 모든 묘리를 남김없이 흡수하였다. 끝으로 자신의 창술이 더욱 완벽해진 형태로 상대가 펼쳐 왔다. 상대를 좌절하고 포기하게 하는 순간이었다.

✦ ✦ ✦

세 명의 관객과 함께 본 액션 영화 한 편이었다.

남은 영상 역시 크게 대단하지는 않았다. 산중에서 갑자기 만나게 된 은자들이 패배하고 각자의 사연을 들은 것. 이후 저들을 살려 주며 가르침을 전하는 정도였던 탓이다.

"이른바 반 제국파라는 사실을 알았기 때문입니다.

전부는 아니지만 각자 주류에서 밀려 나온 비주류들이 었거든요."

"상현 군, 동료로 맞아들이거나 그러지는 않네요?"

"저 시점에서는 언데드들이 꽤 무서운 편이거든요. 해골들이 즐비해서 사람들이랑 함께 있기에는 여러모로 곤란하죠. 더군다나 마을 사람들이 피해를 보면 저들 세 명을 동료로 맞을 수 없고요. 언데드로 모두 부활시킨다고 해도 원한은 에일락 반테스한테 품을 겁니다."

대신 현재 시국이 매우 혼란스러우니 다시금 명성을 되찾고 활동을 해도 좋을 것이라는 조언을 했다. 이 역시도 에일락 반테스가 생각하는 다른 형태의 우방이 될 수 있었다.

나는 그에게 부탁받았던 대로 이들에게 질문했다. 감상 소감이 어떠하냐는 거였다. 정혜란의 반응은 실로 단순 명쾌했다.

"멋있네요. 한편의 스포츠 다큐멘터리를 본 듯해요. 천재와 노력하는 둔재의 겨룸이랄까? 결과가 다소 빤하기는 하지만 승자도, 패자도 아름답네요. 이런 게

남자들의 세계라면 나 역시도 무공을 더 익혀 보고 싶을 정도예요."

"잘됐군요. 사모님께는 최고의 스승님이 항상 함께하실 테니까요."

이용택과 월향은 호승심을 보였다.

"과연 네 분신답다. 꼭 제대로 겨뤘으면 싶구나. 저것의 이름이 어검술이라고 했지? 단순한 비검술이 아니라 마치 영성이 깃든 듯하던데, 한번 고민해 볼 가치가 있어 보인다."

"만만찮군요. 모힘트라와 싸우기 전에 좋은 몸풀기가 될 거 같습니다. 역시 관건은 저 어검술이라는 것이겠지만요."

그즈음 정혜란이 의아한 듯 물었다.

"당신도 할 수 있잖아요? 예전에 하성 씨가 만류귀종에 물극필반이라고 하던데요. 하나만 끝에 이르면 된다고 말이죠."

이용택과 월향이 천만의 말씀이라며 바로잡아 주었다.

"하성이 녀석이 허무맹랑한 걸 보고 와서 떠든 거였

다오. 그릇에 물이 가득 차면 넘치고 쓰러지게 마련이 거든."

"그리고 만 가지 흐름에는 만 가지의 끝이 있게 마련입니다. 같은 길을 걸어도 사람에 따라 도달하는 장소가 다른 것처럼요. 똑같은 권법을 익혀도 우리 네 사람의 완성된 모습은 다 다를 겁니다, 사모님."

"비슷비슷해 보이던데?"

"제대로 보면 작지만, 개별적인 차이를 뚜렷하게 확인하실 수 있습니다."

"이른바 안목이 트여야 가능한 것이지. 내가 예술적인 건 당신만 못한 것처럼 무공에도 필요한 눈이 있는 거라오."

"흥! 내가 이래서 싫다는 거예요. 금방 둘만 손이 맞아서는. 하여간 사이좋은 사제 간이라니까."

토라진 듯한 그녀의 반응에 이용택이 흐뭇한 웃음을 지으며 일어났다.

"그렇고말고. 그리고 우린 사이좋은 부부 사이 아니겠소. 내일부터 휴가인데 어디, 가고 싶은 곳이 있소? 딸아이도 다 컸으니 오붓하게 다녀옵시다."

다가가서 허리를 휘어 감았다. 눈을 찡긋하는 모습에 그녀가 입맞춤을 나누었다. 청춘 남녀의 데이트 약속 같았다.

이들이 자주 이러느냐고 눈짓하자 월향이 묘하게 웃으며 어깨를 으쓱했다.

내가 인간다움에 대해 고민하고 애쓰는 것을 무색하게 할 만큼 그들은 일상을 영위하고 있었다.

감정과 자연스러움을 잊어버리지 않고자 노력하는 나와 탈 인간적이고 초월의 경계에 접어든 이용택의 저 편안함은 어디에서 차이를 보이는 걸까.

아주 잠깐 양손을 마주 잡았다. 손이 스치는 짧은 찰나에 해답이 바로 나왔다.

'한계로군. 내가 라이벌이자 목표가 되고 있기 때문이야.'

온 힘을 다하고 송두리째 내던져도 부서지지 않는 벽이 있기에 애써 스스로 낮출 필요가 없었다.

이미 사랑하는 이들이 곁에 있고 다른 이들과 관계를 유지할 필요성조차 없었기에 그는 홀로 있되 외롭지 않았고 함께하며 불편해하지 않았다.

반대로 나는 세상과 가족에 집착했다. 법력이라는 힘과 승격에 이르는 힘을 거머쥐었음에도 이곳에서 인연을 찾고자 노력했고, 잡은 것은 놓지 않으며 배신당할까 겁냈다.

성인이 되어도 떠나지 않고 어린이집에 머무는 셈이었다.

물론, 이를 모르는 건 아니었다. 다만 에일락 반테스를 통해서 다시금 되짚을 따름이다. 그가 저 영상을 이들에게 보여 준 건 화려하고 격정적인 전투 자체가 아니었다.

'나는 정보로 판단했고 저들은 호승심과 열정을 느꼈다.'

감정을 상실한 탓이 아니었다. 저들이 처음 보는 영화 관람이라면 나는 열 번째로 보는 재감상 영상이나 마찬가지인 이유였다.

절대적인 이성의 도움으로 영상에 담긴 의도와 에일락 반테스의 메시지를 모두 간파했던 까닭이다.

다만 그가 전하려는 메시지는 확실하게 와 닿았다.

지금의 나는 안온한 행복감에 한없이 젖어 들 수는

있을지언정 가슴 뛰는 뜨거움은 결코 느낄 수 없다는 사실이었다.

내 가족에게 생기는 모든 화와 잠재적인 위협은 불씨만 보여도 깡그리 없앨 테니 말이다.

즉, 내게는 가는 시간을 멈추고 영원히 행복한 장면만 무한히 반복 재생할 수 있는 능력이 있었다.

그 사이사이에 구경하듯 다른 이들을 엿보는 재미도 누릴 수 있다. 그러나 이는 깨지 않는 꿈을 영원히 꾸고 싶어 하던 누군가와 매우 닮은 작태였다.

'하여간 잠들라 치면 노장군이 내게 경종을 울려 준단 말이야. 우선, 해야 할 일부터 하고 결단을 내려야겠어.'

상념을 멈추고 월향에게 다가갔다. 그리곤 이용택의 데칼코마니처럼 그녀의 허리를 감싸며 말했다.

"아가씨, 여행 가고 싶은 곳 있나요? 없다면 제가 근사한 곳으로 초대할까 합니다만?"

"그보단 이게 더 좋지 않을까요?"

그녀가 반대로 나를 들었다. 호캄의 육체와 달리 인간성 회복이라는 말로 내 본래의 육체를 구성한 탓에 한참 내 키가 그녀보다 작았다.

까치발을 들어도 나보다 더 클 정도이니 그림이 영 마뜩찮았다.

이를 안 월향이 나를 안고 고개를 숙여서 눈을 마주했다. 그리고 저들 부부가 했던 것처럼 입맞춤을 나누었다.

"노력한 보람이 있네요, 여보."

"저기까지 만드는 데 든 고생이 무공보다 어려웠소. 그래서 말인데, 난 한나 사위는 다른 녀석으로 알아볼 거요. 보니 영 눈꼴 시렵구려."

"동감이에요. 삼처 사첩에 우리 한나가 들어가는 건 절대 용납할 수 없어요."

정혜란과 이용택이 굳게 약속했다. 아주 잠깐, '이블린을 제외하면 강유나나 월향 모두 만들어진 생명체나 다를 바 없는데……' 하는 불만이 조금 피어올랐다.

반성할 일이다.

오후 약속대로 한나를 찾으러 갔을 무렵의 일이었

다. 꽤 재미난 일이 벌어졌다.

호텔 로비에서 만나기로 했는데 갑작스레 가스 배관이 터지기라도 한 듯 엄청난 폭음과 함께 불길이 치솟았다.

위쪽에서 유리창이 깨지며 총탄이 난무하기까지 했다. 테러라도 일어난 듯싶었다. 영화 속 한 장면처럼 사람들의 비명이 울리고 바깥으로 뛰쳐나가는 이들이 속출했다.

"이보쇼! 선생도 이쪽으로 와요. 씨벌. 느려 터졌기는!"

"잔말 말고 빨리 튀어 나가십시오. 저 망할 놈들이 또 설치니까."

아는 자들이냐고 물으니 호텔 경비가 대번에 빽 소리를 질렀다.

"그딴 걸 지금 왜 알려고 하는 거요! 뭉그적거리다간 죽는다니까! 작작 쳐 묻고 얼른 나가!"

위에서 떨어진 책장을 거미줄 같은 끈적한 물질로 감싸서 걷어 내는 이였다.

그 말에 불길을 환혼력으로 얼린 뒤 약간의 기세를

싫어서 다시 물었다.

"지금 이 상황에 대해 잘 아느냐고 물었소만?"

"정말 아무것도 모르나 보군. 무소속 능력자인가?"

그는 불길이 잡히자 내게 재빨리 말했다.

"시크릿 넘버라고도 불리는 마스터 클래스의 이한나가 이곳에 나타났다는 정보가 돌았소. 일찍이 정점에 도달했던 이들에게 모든 랭커를 지배하고 최강이될 수 있는 열쇠가 있다는 소문쯤은 당신도 들었을 테지? 그들이 하나씩 증발하고 있다는 것도 말이오."

이게 무슨 엉뚱한 소리일까, 싶었는데 듣고 나니 참으로 얼토당토않았다.

지배의 방식을 바꾸면서 완벽하고 강력한 통제를 느슨하게 바꾸었다.

그러자 제일 먼저 관리실에 들어섰던 이로부터 엉뚱하고 창의적인 소문이 돌았다.

'자유를 준 지 채 1년도 되지 않았건만 벌써 이 난리를 피우다니. 사람들의 욕심이란 대단하구나.'

세계의 비밀과 힘이 잠든 곳이 있다, 그곳의 열쇠는마스터 클래스들에게 있다는 거였다.

아울러 월향과 정혜란이 섬에 들어가고 이블린이 나와 함께 살며 더욱 평화적으로 행동하자 저들이 다른 상상력을 펼쳤다.

"그래서 한나를 빼앗기 위해 테러 중이다? 당신은 어디 소속이오?"

"가드 팀이오. 단일 세력에 이 힘이 들어가지 말아야 한다는 쪽이지. Z&F만 나서 주면 이런 장난질은 금방 해결될 텐데, 그들도 침묵하고 있어서 여간 꼬이는 게 아니오."

멀리서 창과 문을 들썩이게 하는 총의 굉음이 들렸다. 여기까지 설명해 준 호텔 경비는 얼른 지원하고자 위로 올라갔다. 그즈음 내 머리 위로 반쯤 그을린 책상 하나가 또 떨어졌다.

주먹으로 깨부수자 잡다한 서류와 사무용 테이프나 종이 찍개 이외에 돈뭉치와 나이프, 권총이 나왔다.

"이거야 원. 유나, 거기 있지요? 이게 다 뭡니까?"

연신 울리는 로비의 전화에 대고 말하자 살그머니 작은 강유나가 나왔다.

『이른바 현실 퀘스트예요. 이름은 '공주님을 지켜

라' 랑 '공주를 납치해라' 정도죠. 요즘 욕심이 많은 사람이 정말 늘어났거든요.』

"테러를 감행할 정도입니까?"

『원래 권력자들의 속성이 그렇잖아요. 썩 대단할 정도는 아니지만 말이에요.』

그즈음 깨진 창 너머로 권총의 안전장치를 해제하고 계단을 오르는 호텔 경비가 보였다.

그는 문을 열기 무섭게 잔뜩 긴장했던 몸을 그대로 굴렸다. 퍽퍽 꽂히는 무언가가 손잡이만 남긴 채 문을 장식했다.

반대편에는 영화에서 튀어나온 듯 무복을 입고 머리를 질끈 묶은 한 무인이 양손에 비수를 꺼내 들고 있었다. 그가 공격하려는 찰나, 사내가 품에서 총을 꺼내 겨누었다.

50걸음을 두고 대치한 둘은 한차례의 폭발이 일자 동시에 움직였다. 균형을 잃을 만치 흔들린 충격 속에서 무인이 읊조렸다.

"분환(分渙)."

호텔 경비가 방아쇠를 당겼다. 탕! 소리와 챙! 하는

쇳소리가 동시에 들렸다.

칼날과 탄환의 충돌이었다.

쇄도하던 비수를 탄환이 맞춘 사이, 무인의 몸이 셋으로 나뉘었다. 하나는 벽으로, 하나는 갈지 자로, 하나는 천장에 붙어서 달려왔다.

호텔 경비가 돌연 양손을 펼쳐서 끈적한 거미줄을 발사했다. 전면을 가로막는 형태였다. 그러자 천장과 벽의 무인이 거미줄에 걸리고 정면의 무인만 미꾸라지처럼 움직이며 거미줄의 사이를 통과했다.

호텔 경비가 움직이는 저것이 실체로 여겼다. 분명하다고 연거푸 네 발을 더 쏘았다. 그리고 정면의 무인은 어깨를 관통당했을지라도 피를 흘리지 않는다는 사실을 깨달았다.

그와 함께 잔상이 촛불 꺼지듯 사라졌다. 실체를 찾지 못한 것이다. 호텔 경비가 뒤로 텀블링하며 거리를 벌리려 했다.

그때 빠르게 다가온 무인이 손을 뻗었다. 우수로 총구를 슬쩍 빗겨 내고는 좌장을 뻗어 손바닥을 반전시켰다.

올려치는 동작에 방점을 찍듯이 또 읊조렸다.

"풍인(風印)."

펑! 소리를 내며 호텔 경비의 입에서 피가 분수처럼 터져 나왔다.

그는 훌훌 날아서는 그대로 로비에 추락했다. 땅에 널브러진 채 몇 번 간헐적으로 떨더니 이내 숨을 거두었다. 현실도 꽤 다이나믹했다.

사랑과 우정, 배신과 야망이 있는 드라마였다.

승리한 무인의 머리가 갑자기 터졌다. 저격의 위력이다.

"언제부터 총기 규제가 풀렸던가요?"

『당연히 불법이죠. 상현 씨가 허락만 하면 아주 깨끗하게 박멸할 수 있지만요.』

"민간인의 피해는?"

『물론 대피 완료예요. 즉, 여기 있는 사람들은 다들 죽어도 할 말 없단 거죠. 한몫 벌고 저마다 욕심을 낸 이들이거든요. 하여간 미련하답니다.』

웃고 말았다. 하긴, 이능을 허락하면서 이만한 상황은 얼마든지 일어날 수 있음을 짐작했었다. 통제를 풀면서 생긴 작은 진통에 불과하고 말이다.

"그런데 퀘스트 목적인 공주님이 나서면 어떨까요?"

『저렇게 되죠.』

유나의 말이 끝나기 무섭게 위쪽에서 빛이 번뜩였다. 마른하늘에서 벼락이 치더니 호텔 전체가 암전됐다.

그 가운데에서 웅혼하기까지 한 분노의 일갈이 울렸다.

—전부 다 나가!

출렁이는 충격파가 수평으로 퍼져 나갔다. 한 층이 깡그리 소멸하더니 그녀의 목소리를 들은 능력자들의 눈에서 초점이 사라졌다.

그들은 언제 총구를 겨누고 싸웠느냐는 듯이 순순히 호텔 바깥으로 나갔다.

『상현 씨 눈치 보느라 조심했네요. 화가 나면 꽤 살벌하거든요.』

"맞을 짓을 했으면 맞아야지요. 그나저나 확실히 격의 차이가 크군요. 공력을 운용하면 부를 수 없는 자로 오르고 아니면 다시 인간이나 마찬가지인 모양입니다. 한나는 꽤 자유롭게 격의 높이를 조절하는군요."

그런데 왜 진작 쫓아내지 않고 상황을 더 크게 만든 걸까. 그 이유를 물으니 내려온 한나가 씩씩거리며 말했다.

"너무 순식간에 일어난 일이었어요. 고작 5분도 안 됐는데 이렇게 크게 일을 벌일 줄은 몰랐단 말예요."

주먹을 꽉 쥔 모습이 나중에라도 스트레스를 제대로 풀 작정으로 보였다.

"이런 식이면 정말 수단과 방법을 가리지 않을 거 같은데, 괜찮겠니?"

"문제없어요, 이름 하여 만독불침이에요. 유나 언니가 만들어 준 오토 실드도 있고요."

한나가 귀걸이를 가리켰다. 만에 하나라도 당할 위험성은 조금도 없다고 자신했다.

"근데 오늘 중요한 일이 뭐예요?"

"예전부터 궁금해했던 무공을 알려 주려는 거야. 미래의 한나가 익혔던 완벽한 구결이지."

"또요?"

묘하게 한숨 섞인 반응을 보였다. 그 반응을 보고도 기대하는 바가 무엇인지를 모를 리 만무했다. 나는 바로 제안했다.

"전수는 기억을 공유하면 5초도 안 걸려. 남은 시간은 같이 놀 생각이야. 한나가 좋아하는 거로. 생각한 거 있니?"

여자아이가 좋아할 만한 선물이나 여행지를 떠올렸다. 그런데 그녀는 다소 엉뚱한 제안을 했다. 내게 PC방을 즐겨 가느냐고 물었다. 당연히 아니라고 하니 잘됐다며 말했다.

"new century 게임 버전이요. 오빠가 못하고 제가 잘하는 거요. 어때요?"

"캐릭터가 없는데?"

"만들면 되죠. 제가 키워 줄게요."

PC방으로 자리를 옮긴 나는 그렇게 한나와 함께 게임용 new century를 하게 됐다. 마우스와 키보드로 조작하고 모니터를 통해 하는 게임이 굉장히 생경하게 느껴졌다.

옆자리에 앉은 한나는 앞에 잔뜩 과자와 음료수를 쌓아 놓고 전용 마우스와 키보드까지 꺼내선 연결했다. 풍기는 느낌이 영락없는 게임 폐인의 자태였다.

"단시간에 확실하게 폭업시켜 드릴게요. 그리고 레이드 몹 하나 잡는 거까지 바로 가죠. 오빠! 앞에 나오는 게임 시나리오를 다 읽고 있으면 어떻게 해요? 얼른 로그인해야죠!"

"그래도 게임을 제대로 하려면 배경을 알아야지 않니?"

"그런 건 집에 가서 보시라고요. 어? 그러고 보니 게임 기획하신 분이잖아요. 근데 아무것도 모르는 거예요?"

추궁하는 한나의 모습에서 군대 조교의 느낌이 물씬 났다. 더불어 내가 무지하다는 걸 확인하고는 하나라도 더 알려 주고 자랑스러워하는 모습까지 피부로 와닿았다.

"캐릭터는 법사가 좋아요. 성향은 빛으로 하고 체력은 필요 없어요. 무조건 지혜랑 마력이죠. 아이템은 풀셋으로 맞춰 드릴게요."

호화로운 저택 로비에서 말끔한 남성이 빙글빙글 돌았다. 캐릭터의 직업을 전사와 기사, 마법사와 도둑으로 넘기다가 또 한나에게 한 소리 들었다.

"밤새우면 이비 언니한테 혼나죠?"

"게임을 하느라 외박했다면 화내지 않을까?"

"그럼 얼른 로그인해야죠! 후딱 레벨업해야 같이 플레이한다고요!"

"알았어, 네 말대로 마법사로 하고 스텟도 맞출게."

　빠릿빠릿하게 들어가서는 시작 마을 역시 한나가 고르는 곳에 들어갔다. 다른 캐릭터들로 즐비한 마을 위쪽에서 드래곤이라는 탈것을 타고 빨간색 갑옷과 망토를 걸친 여성이 내려왔다. 레벨 표시에 99라고 되어 있는 한나의 캐릭터였다.

"스킬은 범위계로 가고 장판형으로 쭉쭉 지나갈 거예요."

　하얀 반소매 티와 반바지 차림의 내게 교환창을 열었다. 그리고 산타클로스의 선물 보따리처럼 우수수 무언가가 잔뜩 건네졌다. 뭔지 읽어 보다간 엄청 혼날 기세인지라 무조건 시키는 대로 착용했다.

"경험치 부가 효과가 있는 초심자용 세트구나."

스킬은 철저하게 액티브 조합 스킬이었다.

"스킬 북이랑 여기 포션들 받으세요."

부족한 마력은 물약으로 채운다. 이동속도에 체력 향상, 방어력, 저항력, 공격력처럼 온갖 종류의 알록달록한 물약들의 향연이었다.

"각 레벨 구간으로 철저하게 상극만 노려서 갈 거거든요. 저만 믿고 따라오세요."

"살살 해, 살살."

"약한 소리 하기 없기예요. 자, 얼른 익혀요."

스킬의 이름은 각기 약속의 기도, 소년의 희망, 소녀의 바람이라는 처음 보는 성(聖)속성 스킬북이었다. 색색의 책들을 연신 마우스 클릭으로 익혔다. 그리고 떠오른 문자창을 순서대로 눌렀다.

「무직 상태로 Lv1의 〈염원〉 계열의 스킬을 습득하였습니다.」

「조건이 충족되었습니다. 융합(성공률 10%)과 조합(성공률 60%) 중 선택할 수 있습니다.」

「융합 선택.」
「〈주의〉 융합 실패의 영향으로 영구적인 스텟의 하락이 있을 수 있습니다. 그래도 선택하겠습니까?」

재차 '예'를 눌렀다. 들고 있던 스킬북이 캐릭터 위쪽에서 펑펑 터지며 반짝이는 가루가 캐릭터에 녹아 들었다.

그사이 마을 중앙의 창고에 다녀온 한나가 내 어깨를 쿡쿡 찔렀다. 모니터의 교환창을 열라는 거였다. 이번에 들어온 거래물품은 무지개 빛깔의 보석과 푸른색 보석이었다.

"이게 뭔데?"

"행운석과 마공석이에요. 캐시 아이템이죠. 행운석은 확률을 높여 주고 마공석은 마력 포인트를 다른 형태로 변환시켜 줘요. 오빠는 신성력이 나올 때까지 누르면 되고요."

"마법사 캐릭터인데 신성력이라고?"

"공격형 마공 사제예요. 쪼렙도 쓰면 신성력이 광성력이란 거로 2차 변이되거든요. 이게 아주 좋아요.

이거 아는 사람 드물단 말씀!"

자랑스러워하는 한나였다. 돌연 모니터에서도 웃는 유나의 V 표시도 나타났다.

광성력은 생명체에게는 전혀 먹히지 않지만, 오직 언데드 계열에는 최강이라 전해지는 게임 속 히든피스였다.

「마력―기력―혈력!」
「모든 힘이 소멸하며 신비로운 힘이 들어서기 시작합니다. 당신의 몸으로 ???가 축적됩니다.」

부딪치거나 파생되는 힘이 아니었다. 상태창 한편을 차지하고 있던 각종 힘이 감쪽같이 사라지더니 의문의 것이 차오르기 시작했다.

"메시지가 응집이면 전마력, 축적이면 운기력, 농축되면 광혈력인데요. 흩어진다고 나올 때까지 계속 쓰면 돼요."

마우스 클릭에 박차를 가했다.

「???의 정체를 파악했습니다. 세찬 강물과도 같은 운기력!」

「사용자 이상현의 체질 보정 수치 ?50%!」

「성공률이 대폭 하락합니다.」

「축적되던 운기력이 폭주합니다. 회복 불가의 손상을 입히기 시작합니다.」

무지개 보석이 부서졌다.

「공격적인 운기력을 행운석이 흡수하였습니다.」

「마공석 자동 사용! 미약한 마력, 은밀한 기력, 꺼져가는 혈력이 보충됩니다.」

실패였다. 하지만 한나는 조금도 개의치 않았다.

"바로 고고!"

보석이 지푸라기로 아궁이 때우듯 날아갔다. 광성력 획득 이후엔 저레벨 사냥터인 회랑형의 지하묘지. 카타콤으로 향했다.

어느 국가인지 알 새도 없이 공간이동을 몇 번 해서

도착한 곳이었다.

미라들이 관에서 일어나고 흐느적거리는 시체들 사이로 시궁쥐들이 다가왔다. 묘지를 가득 메우는 굉장한 숫자였다. 한나는 내게 섬광탄과 다이너마이트 50개를 주고 뒤로 물러났다.

"이거 판타지 아니었어?"

"캐시템이요. 1레벨엔 이거만큼 좋은 게 없어요. 고정 데미지거든요."

이쯤 되자 너털웃음만 나왔다. 시키는 대로 아이템 창의 폭탄들을 사용했다. 섬광탄을 터트리면 시궁쥐들의 머리 위로 빙글빙글 소용돌이 표시와 함께 '혼란' 상태가 걸렸다.

다음에는 다이너마이트 한 방이면 바로 해결이었다.

「+30 경험치 획득! (초심자 세트 효과 +3 추가 경험치)」
「+30 경험치 획득! (초심자 세트 효과 +3 추가 경험치)」
「+30 경험치 획득! (초심자 세트 효과 +3 추가

경험치)」

　「레벨 업!」

　「+30 경험치 획득! (초심자 세트 효과 +3 추가
경험치)」

　떨어지면 다이너마이트를 채워 주고 또 사냥하는 행
위의 반복이다. 그야말로 레벨을 폭발과 함께 펑펑 올
려 주었다.

　「레벨 업!」「레벨 업!」『레벨 업~♡!』「레벨 업!」

　"유나 언니, 중간에 이상한 소리 넣지 마요!"

　따끔한 지적에 스피커의 효과음이 정상화됐다.

　「200마리의 시궁쥐를 사냥하셨습니다. 타이틀, 〈시궁
쥐 헌터(F—)〉 획득!」

　「타이틀 효과 : 민첩+1 야간 가시 범위가 0.2 확장된
다.」

정신없이 뜨는 메시지가 대화창을 가득 채웠다.

"스킬은 안 쓰니?"

"공격형 캐시 템이 먹히는 게 딱 30레벨까지예요. 그 이후는 보조 효과만 넣을 수 있으니 그때까지는 최대한 빨리 뽑아내는 게 좋죠. 자, 초고속으로 달리자고요."

곳곳에서 동전들이 반짝였지만, 푼돈이니 주울 필요도 없다고 했다.

안으로 더 들어갔다. 먼저 들어간 한 한나가 유유자적 나오며 시궁쥐들을 몽땅 끌고 왔다. 내가 하는 일은 눈 잠깐 감았다가 다이너마이트를 던지는 정도였다.

회랑 너머로 폭발음이 일며 레벨 업이 거듭 떠올랐다. 손가락으로 꼽다 보니 정확하게 12레벨이 되었다.

그쯤 조금은 다른 방이 보였다. 문 앞에 쥐의 뼈가 돌아다니는 곳은 보스 룸이었다. 정말이지 숨 가쁘도록 빠른 레벨 업이었다.

"보스 방 간단 브리핑이에요. 붉은 눈의 시궁쥐 다

섯 마리에, 미라 둘. 안에 보스 몹인 가짜 황금색 투탕카멘이 있거든요. 최대 출력의 광성력으로 백은의 빛을 쓰고 다이너마이트 모조리 투척. 그다음엔 보스 몹 옆에서 3초만 버티면 클리어에요."

"백은의 빛? 그런 스킬은 안 익혔는데?"

"12레벨이니까 지금 익히면 딱 맞죠. 자, 여기 있어요."

〈찬미 : Active(Lv1)〉

찬송의 기초. 가벼운 허밍으로 동료의 기운을 북돋는다.

효과 : 반경 2미터에 아군의 능력치를 1% 향상한다.

습득 조건 : 성력 보유

〈축복 : Active(Lv1)〉

배려의 기본. 작은 믿음으로 스스로 정신을 고양한다.

효과 : 정신 공격에 대한 내성 발동. 1% 저항력을 갖는다.

습득 조건 : 성력 보유

> 〈기원 : Active(Lv1)〉
>
> 희생의 시작. 배려의 마음으로 타인의 아픔을 공유한다.
>
> 효과 : 대상의 저주를 받아들여 상태 이상을 완화한다.
>
> 습득 조건 : 성력 보유

"이거 셋을 융합하면 짠~! 히든 스킬, 백은의 빛 완성."

모든 스텟은 광성력 위주였다. 스킬 효과에 붙은 공격력 대비라는 것도 사제에게는 광성력 수치였는데 10레벨부터 입을 수 있는 사제복 세트로 바꿔 착용하니 스킬 위력이 200%로 급증했다.

"이거 사긴데?"

"대언데드 전 최강이죠. 만 레벨까지 저만 믿으면 돼요. 아참, 혹시 모르니까 부활 주문서도 여기 챙기세요."

"이것도 캐시 아이템이지?"

"당연하신 말씀~ 각 몹의 이동 동선은 여기랑 이쪽

이고요. 들어가서 딱 6초 후에 스킬 쓰고 2초 후 투척. 3초간 이렇게 캐릭터를 움직여 주면 지속 데미지로 바로 쫑이에요. 어때요? 저 프로페셔널하죠?"

'게임 페인 같은데.'

단순히 심심할 때 플레이한 정도가 아닌데 싶었다. 능력자 양성기기로 생각했던 나와는 달리 게임 자체로도 꽤 할 만했나 보다.

하긴, 유나나 신진권이 콘텐츠부터 업데이트까지 따박따박 할 테니까 즐길 거리도 많을 것이다.

운영진에서 캐시 아이템으로 빵빵 키우는 건 좀 반칙 같았지만 말이다. 그래도 하난 확실했다.

"확실히 시원시원한 맛이 있네. 레벨 업이 이렇게 쉬웠나 싶을 정도로."

"가상현실이랑은 다른 매력이 있다고요. 오빠는 저만 믿고 따라오세요."

한창 달리는 오토바이 드라이버처럼 한나가 엄지를 내밀었다. 그리고 마우스 클릭으로 보스 방에 혼자 들어가자 마치 물가에 내놓은 아이를 돌보듯 하나하나 짚어 주면서 코치했다.

"나중에 보스 몹이 NPC로 변하면서 퀘스트 주는 데 받지는 마요. 연계 퀘스트지만 그 경험치보다 더 좋은 데가 있거든요. 아아! 거기서 왼쪽! 에이, 0.5 초 빨랐잖아요."

"깼는데?"

"한 대도 안 맞고 클리어할 수 있었단 말이에요. 나중에 레이드 뛸 때 구멍 역할을 하면 안 돼요. 길드 애들이 막 나무라거든요."

"네가 누군지 모르지?"

"당연하신 말씀~"

묘한 데서 완벽을 추구하는 한나였다. 그렇게 혼나 가면서 열심히 컨트롤을 익히고 정신없이 레벨 업을 이뤘다.

이후 1차 전직을 마치고 다음 지역으로 이동하는 짬에는 쌓아 놓은 먹거리를 즐겼다.

매번 요리를 해 주고 정갈한 음식을 맛보는 것과 PC 방에서 먹는 즉석식품의 맛은 확실히 달랐다. 고향의 맛이라는 광고처럼 추억이 새록새록 떠오른다.

그러나 그보다 더욱 좋은 건 한나가 활기차다는 사

실이었다. 내가 미숙하고 못해서 버벅거릴수록 더 크게 웃었다. 쟤 나이의 여자아이다운 모습이다.

"그래도 동시에 시작했으면 다를걸? 오빠도 나름 게임이라면 잘할 자신이 있거든."

"네~ 물론 그렇죠~ 이해한답니다."

'역시 게임은 안 해 봤을 줄 알았다니까' 하면서 하나부터 열까지 또 일러 주었다. 나도 짐짓 장단을 맞췄다.

"근데 이러면 나만 너무 크잖아? 같이 막 하고 성장하면 더 재밌을 텐데, 어때? 같이해 보는 건?"

"캐릭터 새로 만들어서요? 근데 전 퀘스트랑 공략법이랑 다 알아요."

그때 모니터에서 유나가 얼굴을 쏙 내밀었다.

『버전 3으로 패치할까요? 이름 하여 신작 출시! 언제라도 가능해요. 결제 사인만 해 주시면 바로죠. 난이도는 하드코어로 해서 목숨도 한 번! 부활 절대 불가! 노 캐시로 유저들의 원성이 자자하게 하면 아슬아슬하겠죠?』

"현실의 게임을 새로이 공개하겠다? 혹시 오늘 있

었던 테러에 대한 조치입니까?"

『그렇기도 해요. 힘이 생기면 쓰고 싶어 하는 게 심리니까. 상현 씨는 사람들 의식을 조종하는 걸 싫어하잖아요? 그러니까 관심을 게임으로 돌리게 해 보는 거예요, 게임 시나리오를 먼저 클리어하는. 자, 현실에서도 왕이 될 것이다~ 같은 거죠. 유치하지만 이거 잘 먹힐 거예요.』

"설마 그러겠느냐 싶지만, 애당초 능력을 얻은 계기가 게임이었으니 그럴 수 있겠군요. 한나랑도 저 레벨로 같이 시작할 겸, 같이 플레이하기엔 아주 제격이겠네요."

반응을 보이자 상체까지 내민 유나가 네모난 창을 허공에 띄웠다.

『써먹지 않은 콘텐츠 중에 이게 있었거든요. 확 살려보면 재미있을 거예요. 대충 이런 식으로 할게요.』

```
*_____*

[최종 업적 퀘스트 ? 투마 베제인]
위험도 : ☆☆☆☆☆☆
```

연원을 알 수 없는 어느 날, 어느 시점. 얼어붙은 던전에서 탄생하고 그 누구도 알 수 없게 봉인된 4마리의 짐승이 있다. 이계의 존재, [신진권]이 구상하고 강유나가 준비하며 [이상현]이 완성한 베제인이다. 전란의 때에 맹위를 떨쳤어야 할 마물은 주인의 무관심 속에 완전하게 잊혔다.

 계약의 인장을 소유한 그대여, 둘러싼 마계의 봉인을 헤치고 망령의 호수를 건너 저들의 이마에 종속의 인장! 페이엔탈의 각인을 남기라. 저들이 굴복하여 그대의 발등에 입 맞추리라.

 목표 : 황혼의 강 건너에 잠든 마수의 봉인을 해제하라. 그리고 죽여라.

 보상 : 소원 1개.

———————————————————

 꽤 괜찮은 아이디어 같았다. 그러면 어떤 식의 세계관에서 출발할 거냐고 물어보려 했다.

 그때 괜히 옆구리가 아프고 왼쪽 관자놀이가 꿰뚫릴 것 같은 시선이 확 느껴졌다.

한나가 불같은 눈으로 째려보는 중이었다.

"일 얘기는 나중에 해요. 지금은 게임 중이잖아요! 할 때는 한 번에 하나씩! 유나 언니도 얼른 들어가고."

『맞아, 맞아.』

"미안, 미안."

얼른 사과하고는 남은 시간에도 폭업을 시작했다. 나중에 PC방까지 찾아온 이블린이 한나의 머리에 꿀밤을 먹일 때까지였다.

돌아오는 길에 하나의 물음이 계속 맴돌았다.

"뭘 할까?"

행복과 안정은 이미 이뤘다. 이제 무엇에 오롯이 집중해 볼까, 하는 작은 생각이었다.

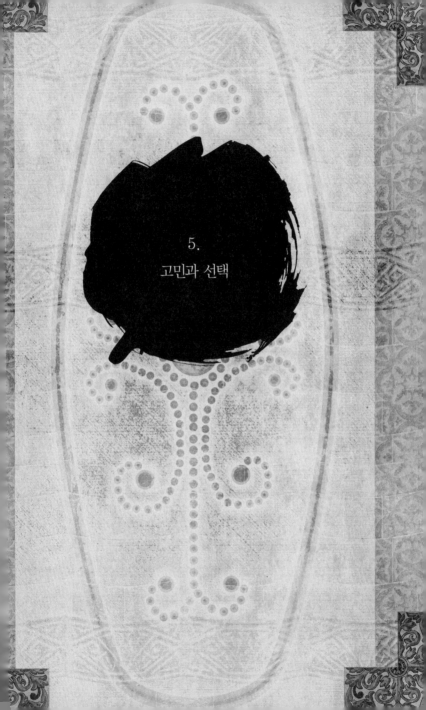

5.
고민과 선택

이튿날, 오전이었다. 나는 거실의 소파에 앉아서는 탁자에 연습장을 펼쳤다.

볼펜도 딱 쥐고 있노라니 예전에 그날 무엇을 해야 할지, 태진이가 계약한 존재가 누구인지, 성륜과 겁륜의 관계에 대해 고민했던 때가 떠올랐다.

그때의 기분으로 어떤 삶과 어떤 행동을 선택할지를 정하고자 했다. 이른바 한 번에 하나씩이다.

여기저기 경험하면서 유희를 하는 게 아니라 오롯이 체험하고 체감하며 한계를 맞닥뜨리는 인생을 살고자 했다.

'이거 진로 희망서를 쓰는 기분인데?'

학창 시절에 쓰던 것과 차이가 있다면, 쓰는 대로 모두 이뤄지리라는 정도였다. 이 고민은 사랑하는 가족에게 말하지 않고 오직 나 혼자 하고 결론을 내리기로 했다.

이건 중차대한 인생의 갈림길이 아니라 그저 내가 하고 싶은 일을 찾고 정하는 개인적인 일인 탓이었다.

우선 대의 명제를 정했다.

1. 한계를 둔답시고 나라는 존재를 한없이 억누르거나 제약을 가하지는 않을 것.
2. 목표가 아닌 과정에서 즐거움을 찾을 것.

챔피언 급 복서가 아마추어를 앞에 두고 한 손으로 상대해 주겠다는 등의 멍청한 행동이나 마찬가지다.

그런 작위적인 한계를 만든다고 내 가슴이 뛰는 삶이 돌아오진 않을 터다. 오히려 회의감에 젖어 더욱 모힘트라처럼 사신이 될 소산이 컸다.

이 명제를 시작으로 내가 활동할 무대를 정리했다. 총 셋이었는데 에일락 반테스가 활동하는 new century와 현실 세계, 천부의 일족으로 대변되는 미지의 다른 차원이었다.

'우선 new century부터 생각해 보면, 여기에선 내 권능이 지나치게 잘 발현되는 게 문제야. 직접 내려갔다간 한나가 나를 키워 준 것처럼 신 급의 캐릭터가 그야말로 깽판을 치는 격이 될 수 있어.'

그야말로 계륵이다. new century를 선택한다면 그곳에서 나의 한계를 경험하는 방법은 세 가지였다.

하나는 최대한 상태가 안 좋은 육체를 골라서 시작하는 페널티 부여의 방식이고, 둘은 다른 신의 성역에 들어가 신과 대결하는 것이다.

마지막은 천공수 급의 다른 신화를 탐험하는 거였다. 이른바 초월적인 존재를 마주하는 방법이다. 그런데 이건 일그러진 륜 덕분에 페널티가 바로 해결되는 셈이었다.

늙어서 죽어 가는 몸에 들어가도 상관없었다. 정말 하잘것없는 육신에 들어갈지라도 숨법과 각종 능력으

로 신체를 활성화하면 그만이다. 환골탈태에 도달하면
너끈히 해결되는데다가 머릿속의 정보도 돈을 벌고 세
력을 만들 무궁무진한 지식이 넘쳤다.

"패스."

신들을 상대하는 건 어떨까. 곤바로스가 만든 것이
일그러진 륜이니만큼 태양신 뮤테르를 필두로 한 수많
은 new century의 신 역시 나름의 한 수가 있을
터다.

그들로부터 권능을 찬탈하고 온 힘을 다해 겨루다
보면 자연스레 긴장과 흥분이 저절로 된다.

그런데 이러면 에일락 반테스보다 더한 짓을 하는
셈이었다. 내가 파괴신이나 마찬가지가 된다.

'나 웃자고 남의 집에 불 지르고, 산을 태우는 거랑
조금도 다를 게 없어.'

사는 보람 좀 느끼겠다고 영역 구축하고 잘 살아가
는 신을 없앤다? 이건 강도나 마찬가지였다.

'이것도 넘기고.'

마지막은 스팔라베라는 다른 법칙이 존재하는 곳을
통해서 떠올린 발상이었다.

천부의 일족이라는 존재들의 땅도 그러했는데 이쪽 세계와는 아예 다른 섭리와 법칙이 존재하는 곳이다.

그곳이라면 새로운 환경과 힘에 적응해야 하고 자연스레 내 한계를 경험하며 긴장과 흥분을 경험할 수 있을 것이다.

다만 감수해야 할 것은 내가 알지 못하는 미지의 위험이었다. 실로 당연한 반대급부였다.

'요건 괜찮네. 그럼 new century에서는 이 정도가 끝인가?'

아니다. 하나가 남기는 했다.

나로 하여금 몇 차례씩 고민하게 하는 물음이었다.

그것은 바로 에일락 반테스와 제국 연구소장의 처리 문제였다.

에일락 반테스가 엄청난 위세를 자랑하는 데는 막강한 실력도 한몫했다.

그러나 제국을 두려움에 떨게 한 점은 불멸의 존재이며, 절대 소멸하지 않는다는 사실이었다.

만약 무한한 재생이 불가능했더라면 에일락 반테스는 가르테인과 메그론, 오르샨 테쟈르의 공격에서 결코 무사하지 못했을 것이다. 승리했을지라도 극심한 상처를 입어 전투력이 대거 반감됐을 터다.

더불어 각각의 극의로 발테리아스의 파괴력을 극한에 이르게 한다는 발상도 하지 않았을 것이다.

쓰면 자신이 죽는 기술이다. 미치지 않고서야 창안할 리 없다. 반동 따위는 한 번 죽는 거로 해결할 수 있으니 대륙을 절단한다는 발상을 한 거였다.

제국의 연구소장이라는 자도 신진권의 지식으로 말미암았다. 내 탓에 일어난 사태나 마찬가지라 할 수 있겠다. 다만, 함부로 강림하여 해치울 수 없는 건 엉킨 운명의 실 때문이었다.

평화를 위하여 세계를 멸망시킨다? 난센스도 이런 난센스가 또 있겠는가. 그러므로 절충한다면 이 정도가 된다. 에일락 반테스의 불멸성을 빼앗고 연구소장만 처리하는 거다.

현대 문물의 이득을 본 전부가 아니라 이를 퍼뜨리고 생산하는 자만 처리한다. 그리고 에일락 반테스의 불멸성만 없애면 대륙의 강자들도 그를 공략할 수 있을 것이다.

다만, 이렇게 되면 지금까지의 내 고민이 전부 허사가 됐다.

현실의 모든 인간에게 새로운 기억과 역사를 최면으로 만들어 버리고 말 한마디로 좌지우지했던 것의 재탕이었다. 어린아이들의 싸움에 어른이 끼어드는 격이다.

'따지고 보면 손이 약점이라는 사실도 알아챘었지.'

에일락 반테스의 불멸성을 저들이 나름대로 공략할지 또 누가 알랴. 이런 거 저런 거 다 신경 쓰지 말고 내가 가서 그냥 군대 해산! 시켜 버려도 될 일이고 말이다. 불만이 조금 나오기야 하겠지만 다 쓸어버리면 저들이 어쩌겠는가.

이렇게 마구잡이로 해도 될 만큼 나와는 급이 맞지 않았다. 나는 처음 주제로 돌아가기로 했다.

가슴 뛰는 삶과 에일락 반테스의 일이 관계있나? 그냥 책임감 때문은 아닌가?

대답은 책임감 때문이지 딱히 내가 꼭 해야 할 이유는 없다는 사실이었다. 이러면 결론이 쉽게 나온다.

"이건 가족들에게 미션으로 넘겨야겠다."

이용택 가족을 비롯한 우리 식구한테 주면 딱 좋을 것이다. 그들이 인류의 편에 설지, 언데드의 편에 설지는 물론, 남은 전부를 맡기면 됐다.

오직 우리만을 위한 new century 서비스의 시작이다.

서버 관리는 내가 얼마든지 해 줄 의향이 있었다.

나는 연습장의 도표에서 new century 쪽을 세모로 표시했다. 그리고 다른 두 개의 도표를 보다가 머리를 긁적였다.

'미지의 차원 쪽도 같이 고민을 끝냈었네? 스팔라베나 천부의 일족이나 new century를 통해서 오를 거였으니까. 좌표점을 통한 무작위 위상 전이는 정말 우주의 미아가 될 수도 있고.'

그러고 보면 내가 천공수로 월향을 부른답시고 했던 일은 굉장히 위험한 일이었다.

유나의 능력을 믿기는 했었지만, 같은 방식으로 누군가를 초대하고 어디론가 가는 일은 다시는 않을 생각이었다.

이제 남은 건 현실 쪽이었다. 여기서 오롯이 집중할

만한 콘텐츠는 둘이다.

1. 현실의 능력자들 + 이용택과의 대결.
2. 업그레이드 버전의 게임. * 한나가 아주 좋아할듯.

사실 이용택과의 대결에서 긴장감이 떨어진 이유는 법력을 깨닫는 것에서 비롯했다.

펠마돈의 괴수가 어떠한 위력을 가졌는지 천공수에서 자각하는 순간, 무공의 깊이나 극의만으로 법력을 해결하기는 정말 쉽지 않다는 사실을 확신했다.

그의 자질은 놀랍고 성장률도 대단하지만, 세월과 한 세계를 집어삼켰다는 이 차이는 어지간해서는 메울 수 없었다.

'현실 능력자들은 생각만 해도 긴장감이 떨어져. 테러니 뭐니 해도 고작 그 수준이니까.'

우선 대충 넘기고 다음 안건으로 가 보았다.

이른바, '클리어 하는 자, 무슨 소원이라도 빌어라. 세계의 왕으로 만들어 주마' 라는 콘셉트의 새 게임이었다.

1레벨부터 즐기고 동반 성장하는 것이니 제법 쏠쏠할 것이다. 그야말로 온 가족이 함께 즐기는 큰 규모의 공통 오락이다. 특히 한나가 정말 좋아할 게 눈에 선했다.

"무공은 월향이 넘지 못할 벽처럼 급성장하니까."

사실, 한나가 게임을 즐긴 이유는 월향 때문이었다. 여자 이용택이랄 수 있는 그녀와 경쟁하기엔 한나의 자질은 평범하달 만큼 다소 떨어진다.

참으로 상대적인 평가지만, 사실이 그러했다. 일반인과 비교하면 천재지만 천품의 무재라고 하기엔 부족한 이유였다.

이용택이 정말 딸을 방치했을 리는 없지만 상대적으로 예전보다 시간을 덜 들이게 된 것은 사실이다.

자연히 남는 시간에 일했는데 현실의 능력자들은 너무 약했고 그래서 쉬엄쉬엄 즐기다가 게임에 푹 빠진 셈이었다. 그러며 놀라운 사실을 알았다. 그건 가족 누구도 자기보다 게임을 잘하는 이가 없다는 사실이었다.

당연히 독보적인 실력과 위치에 올랐다. 유나도 그

녀의 게임 실력만큼은 인정했다.

『패치를 하면 제일 먼저 클리어해요. 생각해 둔 가장 확실한 공략법을 바로 깨우치고요. 플레이하면 저라고 해도 승리를 자신할 수 없을 정도죠. 이점은 개발자라는 정도밖에 없거든요.』

이른바 경지에 올랐다. 여기까지 정리하고는 고민을 시작했다.

"뭘 할까?"

연필이라도 굴려서 결정할까? 뭘 해도 나쁘지 않을 텐데 말이다.

한참 그렇게 있다가 우선은 정말 아니다 싶은 것부터 빼기로 했다.

가벼운 확인을 위해 방문을 열고 나갔다. 층간 계단을 내려갈 즈음에 이블린이 올라오는 중이었다. 크로켓 가게에서 산 봉투에서는 고소한 냄새가 났다.

"무서운 얼굴이네요? 이거 먹고 얘기해 봐요. 어떤 무시무시한 게 쳐들어오기라도 했나요?"

하나 건네자 바삭함 속에서 크림치즈의 향과 맛이 듬뿍 입안을 가득 채웠다.

"이렇게 웃는 표정인데 무섭다니요. 오해입니다."

"어휴. 지금 이 일대가 아주 조용해요. 한 시간 전부터 그렇다고 아메바가 걱정하고 유나도 초조해하고 있어요."

"뭐랄까, 도전 정신을 불태울 만한 무대가 있을까 싶어서 생각을 좀 하던 참이었습니다. 요즘이 꿀처럼 달콤하고 정말 행복한데, 열정이 식을까 염려되었거든요."

선 채로 그녀가 사온 크로켓을 몽땅 먹었다. 그녀가 물었다.

"관장님과 월향의 모습에서 자극을 받은 건가요?"

에일락 반테스의 언급 없이 나는 고개를 끄덕였다. '그 후로 행복하게 살았답니다'라는 동화의 마지막처럼 무조건 행복한 꿈만 꾸는 건 썩 재미난 삶이 아니었다.

"언제부턴가 노력이라는 걸 등한시했다는 자각이었죠."

"그럴 필요가 없었겠고요?"

"맞습니다. 그리고 앞으로 나가기 위해선 지금 선

위치를 알아야 해요. 그래서 갈무리해 두었던 힘을 오래간만에 해방하던 중이었습니다. 조금씩, 아주 조금씩 말이지요."

"백수가 직장 찾는 셈이네요, 떠들썩하게."

무슨 말이냐며 보니 그녀가 웃었다.

"현실 세계는 집이잖아요. 다른 세계는 회사나 직장인 셈이고, 게임은 레포츠 정도? 쉽고 지겨운 일 대신에 새로운 직장을 찾는 중이다, 그거죠? 나가기 전에 집에서 입지도 확인하고요."

"그렇게 정리하니 굉장히 쉽군요. 맞습니다. 직장 구하기 전에 집 보수공사 할 곳이 있나 정원 연못에 물이 빠졌나 이리저리 돌아보는 격이죠."

"불쌍한 아메바나 식구한테 별일 아니라고 연락해 둘게요."

고마움을 표하고 거리로 나갔다.

제임스와 소울 이터, 호감과 사신의 형태까지가 내 힘을 나누는 구분이었다. 나는 4차까지 갈 것도 없이 우선 현재 상태로 보법을 밟고 허공으로 뛰어올랐다.

전봇대 위의 넓은 하늘에서 크게 포효하자 소리가 미치는 모든 영역이 고요해졌다. 제법 난다 긴다 하는 능력자나 다른 무리가 나타날 조짐이 보였다가 그야말로 납작 엎드렸다.

능력자들의 기세가 느껴지는 곳에 가서 같은 행위를 반복하면 같은 상황이 거듭 연출됐다.

사자의 포효 한방에 초식동물들이 굴복하는 모양새였다.

역시 저 레벨 사냥터에서 최고 레벨의 캐릭터가 난장판을 만드는 것에 지나지 않았다.

'역시 유희에 불과하구나.'

도심에서 점점 한적한 곳으로 이동했다. 그러고 보면 이렇게 천지에 유장하게 흐르는 마력을 보고 경탄한 적도 있었다.

도심보다 저 깊은 산이 오히려 적은 것을 알고는 놀라워했던 적이 어제처럼 생생했다.

그때의 인연들. 많은 기억이 있는데 세상은 이리 달라졌다. 정확하게는 내가 선 곳이 달라지며 풍경이 바뀐 탓이었다.

"너무 내 주변만 보고 산 거 같다."

격에 맞는 사람들을 찾는 시선을 낮게 두었다. 먼 길을 떠날 예정이라 생각하니 이토록 당연한 풍경이 더욱 각별하게 보였다.

시장통을 구경했다. 채소, 과일, 튀김 등 온갖 냄새가 코를 자극한다. 그러나 그 누구도 나를 보지는 않았다.

더 거닐었다. 날이 밝고 저물기를 반복했다. 오후가 되어 서서히 퇴근하는 이들로 거리고 복잡해지며 차량으로 꽉꽉 막힌 번화가를 지났을 때였다.

급브레이크를 밟는 소리가 들렸다. 쿵! 하는 충격음과 함께 장난감처럼 들린 차량이 포장마차 거리에 날아갔다. 여기저기서 비명이 울렸다.

"사고다!"

"세상에나……."

"얼른 신고해!"

포장마차 거리에 한 승용차가 난입해 있었다. 한창 어묵과 떡볶이, 튀김 등을 준비하던 중년의 여인이 쓰러져 있었다.

에어백이 터진 운전자와 달리 포장마차 주인으로 보인 여인은 상태가 매우 심각했다.

튀김기가 엎어지며 끓는 기름이 몸을 덮친 탓이었다. 어묵이 꽂혔어야 할 긴 나무들이 끓는 기름에 녹아내린 피부에 박혔다.

포션 한 병을 꺼내 뿌리고 먹였다. 뒤이어 차량이 갑자기 공깃돌처럼 뛴 근원지를 보았다.

도심지 중앙에서 은신하고 있는 녀석이 성공이라는 듯 웃는 것이 보였다. 다가가 왜 그랬느냐고 물어보았다.

"왜긴. 내 직업이 히트맨이라 트랩을 설치한 거지. 저 녀석의 현상금이 꽤 두둑하거든."

"민간인에 대한 피해는?"

"보상해 주면 돼. 기껏해야 치료비인데 그쯤은 쉬워. 슬슬 짭새 뜰 때 됐으니까 난 간다."

그가 공간을 도약하려고 하자 도중에 붙잡아서는 바닥에 무릎 꿇렸다.

뒤이어 자칭 가드라고 하는 능력자 관리국의 요원들이 당도했다. 끌고 가서 처리하도록 지시하자 이들은 내가 누군지도 모르면서 우선 시키는 대로 복종했다.

모여든 사람들에게도 말했다.

"별일 아니니 돌아가서 하던 일을 하시오."

사고를 보며 웅성웅성 모였던 이들이 썰물처럼 빠져나갔다. 그사이 다른 일부 요원들은 기절한 운전자를 끌어내는 중이었다.

언제 어디서고 내 곁에 있는 전자정령인 유나에게 물었다.

"이런 일이 자주 있습니까?"

『교통사고 정도로 있어요. 능력자들을 양산한 이후라 할지라도 인류 전체의 사망자는 분명히 준 상태이고요. 확실하게 관리하고 있다고 회장님께서 외팔이 아메바가 꼭 좀 잘 말해 달라네요. 마음에 안 드시면 언제라도 몽땅 쓱싹 할 수도 있대요.』

"사장결재만 떨어지면 말이지요?"

『상현 씨의 말이 곧 법이거든요, 아메바한텐. 한 번쯤 얼굴 보실래요?』

"조만간 한번 보도록 하지요. 찾아가겠다고 전해 줘요."

유나가 척, 하며 거수경례했다. 그즈음 포장마차 여주인이 일어났다. 감쪽같이 포션의 힘으로 회복된 그녀는 속상해하며 널브러진 도구들을 정리했다.

'역시 현실은 너무 쉽다.'

어려움이 없는 세상이었다. 그래도 조금 더 돌아보기로 했다.

발길 닿는 곳으로 쭉쭉 나아가다 보니 월악산 자락에 도착했다. 뉘엿뉘엿 해가 저물 즈음이었다.

나는 야영 스킬과 더불어 평화의 불씨를 피운 채 다시금 상념에 잠겼다. 그렇게 가만있노라니 하나둘, 산양을 비롯한 짐승들이 모여들었다.

건기에 바짝 마른 웅덩이에 모여든 동물들처럼 서로 다툼 없이 쉬며 불을 쬐었다. 동화적이며 즐거운 한때였다. 그렇게 날을 새고 호젓하게 산을 오르내릴 때의 일이었다.

"아이고. 내 평생 이런 운이!"

길 없는 산자락을 헤치고 다니던 노인이 나를 보고는 넙죽 엎드렸다.

그는 황급히 장갑을 벗어 던졌다. 그리고 두 손을

맞잡아서는 간절한 염원을 담아 기도하기 시작했다.

"산신님, 부디 약삼 하나 점지하옵시고 손주 놈 건 강케 좀 하옵소서."

금불상에 절 올리듯, 서낭당에 기원을 담듯 무릎을 굽히고 머리를 맞대었다가 다시 올리고 머리를 조아렸다.

머리와 어깨에 산새들이 앉아서 지저귀는 탓에다가 평화의 불씨를 계속 피워둔 채 돌아다니는 영향이기도 했다.

"아부지, 예서 뭐하는 겁니꺼? 대체 뭐가 있다고?"

뒤편에서 나타난 청년이 땀으로 범벅이 된 얼굴을 수건으로 닦으며 말했다. 노인과 닮은 그의 얼굴이 한 눈에도 혈육임을 짐작케 한다.

"휘유. 오라지게 급한 산 같으니라고. 뭐가 이리 꼭 꼭 숨겨뒀는지. 아부지, 삼밭은 아직 멀었습니꺼?"

"이놈아, 너도 얼른 와서 빨리 빌어라. 흔치 않은 기회다!"

"빌긴 뭘 빌라고. 요즘 뜨고 싶어서 저렇게 코스프 레 하는 아덜이 넘친다 아입니꺼. 캬아~ 뜨려고 별의

별 짓을 다 하네. 요즘 게임만 하다가 능력이랍시고 설치는 것들이 한 트럭은 되는…… 악!"

"떽끼 놈! 조동아리 다물고 퍼뜩 빌지 몬하나!"

노인이 손가락질하는 손자의 손가락을 부러뜨릴 듯이 내려 버렸다. 그러면서 크게 역정을 냈다. 그사이 슬쩍 은신의 호흡으로 바꾸자 청년이 두 눈을 비볐다.

"어? 방금 있던 그놈이 사라졌습니더?"

"부정 탄 게야, 부정을 탔어! 아이고 안 되겠다. 아직 삼을 캐기엔 네 마음이 정갈하지 못한 게여. 당장 내려가서 심신부터 비우자꾸나."

"예? 또 말입니꺼?"

"그래도 산신각에서도 아니고 예서 산신님을 뵌 거 보니 너도 언젠가 천종을 캘 수 있을 게다. 네가 쫄딱 망하고 애인한테 채이면서 고향 온 게 역시 운명이었던 게야. 심마니로 시작이 아주 좋아."

"그딴 운명이면 감자나 쳐 잡수라고 하소! 원 노인네, 갖다 붙이기는 참 진짜. 근디요, 아부지. 그 산신님이 계셨다는 곳이 어딥니까? 영험하신 분이 있었던 곳이니만큼 뭐라도 있지 않을까 싶은데?"

"이런 후레자식을 봤나!"

"아이고, 욕 좀 그만하시구요. 사실 하나도 못 캐면 당장 밀린 이자는 어쩝니까? 급식비도 없어서 간당간당한데 뭐라도 건지긴 해야지요."

"똥 싼 놈이 성깔 부리기는. 직접 찾지, 나한테 뭘 묻고 그러냐?"

"그게, 조금 전에 본 건데 생각이 나지 않아서 그럽니다. 분명히 어디 있었는데⋯⋯."

"마음에 때가 잔뜩 껴서 그런 게다. 모름지기 산을 공경하고 자신을 낮춰야 하는 게 순리니라."

이쯤에서 보관함에 둔 약초를 하나 땅에 심어 두고 가면 촌극이 펼쳐지게 마련이다.

"봐라. 여기 분명히 계셨는데, 바로 코앞에 있는 것도 몰라보고 젊은 놈이 말이야."

나무라며 안내하던 노인이 말을 멈추었다. 눈을 휘둥그레하게 뜨곤 넙죽 절까지 했다. 청년이 힐끔 보다가 같이 놀랐다.

"뭔데 그럽니꺼? 어? 산삼이다! 심봤다!"

"퍼뜩 산신님께 절부터 올려!"

"물론입죠! 몇 번이고 올립니더!"

대략 이런 식이었다. 단순히 격의 유무를 떠나서 아이들의 과자와 장난감 자동차를 부모가 얼마든지 사줄 수 있듯이 현실의 물건들이 내게는 대수롭지 않게 된 탓이었다.

'이렇게 사는 것도 나쁘진 않겠지.'

일그러진 륜을 통해 지혜의 극한을 달렸을 때, 내가 에일락 반테스의 말을 무시하려고 했던 건 다름 아니었다. 행복감에 젖어서 영원히 사는 건 죄도 아니고 결코 인간성에서 어긋난 행위도 아니었다.

그랬는데 이성 대신 감성이 중심이 되자 가슴 뛰는 삶을 살고 싶어졌다. 이를 잘 알면서도 그리 느껴지니 참으로 나 스스로 재미날 따름이다.

나는 연습장을 꺼내선 펜으로 '현실'이라고 쓴 도표에 세모 표시를 했다. 게임은 동그라미, 능력자들 쪽은 가위표였다. 다음은 new century를 확인해 보고 구름 사원과 바람 사원 위를 한번 방문해 볼 요량이었다.

'지리적으로는 스팔라베가 안성맞춤이지만 그쪽까

지는 융켈의 방식으론 접속이 불가능하구나.'

서비스 지역 이탈인 셈이다. 가능한 한 최대한 가까운 곳의 신체를 구하기로 했다. 역시나 괜한 사람 죽여서 차지하는 방식보다는 수명이 다해 가고 움직일 수 없는 자를 찾았다.

'맞다. 혹시 그 녀석은 어떨까?'

퍼뜩 든 생각에 열심히 물색했다. 두 눈에 힘을 주고 집중해서 보자 매우 낯익은, 그러나 만나 본 적은 없는 얼굴이 딱 보였다. 죽은 것도 산 것도 아닌 상태로 악인곡에서 연명하는 소년의 이름은 쇼켄이었다.

'그의 말마따나 위치를 정확하게 아는 게 큰 도움이 되는구나.'

실로 최고의 위치에 최적의 신체였다.

◈　　　　　◈　　　　　◈

에일락 반테스에게 붙으려고 했다가 버림받은 소년. 마인들에게 붙들려서는 강제로 제자가 된 쇼켄은 나름대로 꽤 버텼다. 홀로 남은 절망적인 계곡에서 악착같이 버티며 온몸에 침투하는 마령들과 정신적으로 줄다리기했다.

이를 가능하게 한 것은 역시나 복수심이었다. 그렇게 부탁했는데도 외면한 에일락 반테스는 물론, 장난치듯이 벽에 매달고 간 마인들 모두를 반드시 죽이겠노라고 맹세했다.

하지만 현실은 바람만으로 이뤄지기엔 지나치게 각박했다.

―젠장, 이딴 걸 나더러 어떻게 하라고! 너흰 하나씩이었잖아! 이걸 무슨 수로 통제하란 말이야!

극의에 해당하는 마령술의 극점들이 무려 다섯 개나 있었지만, 문제는 그 경지가 지극히 난해하다는 사실이었다. 제아무리 천품의 무재라 할지라도 단번에 보고 깨우칠 만큼 극의는 녹록치 않았다.

변수와 문제는 여기서 발생했다. 쇼켄의 마음을 가득 채우고 이를 악물게 하는 동력원은 다름 아닌 복수심과 분노다. 악인곡에는 계곡의 벽 전체라고 해도 될만큼 거대했던 분노의 마령, 우르탈이 죽은 곳이었다.

그의 잔재를 마인들이 흡수했다고는 하나 계곡에 남

은 흉터까지는 어쩌지 못했다. 거기서 분노의 마령이
태동하기 시작하였다.

가뭄으로 쩍쩍 갈라진 바닥에 떨어진 씨앗처럼 그
힘은 사실 미비했다. 발아할 수 있는 가능성은 한없이
제로에 가까웠다. 하지만 마인들에 대한 증오와 복수
의 분노를 거듭 불태우는 쇼켄 덕분에 분노의 마령이
점차 크게 자랐다.

─왜 이렇게 어렵게 써 놨어? 나 병신 되라 이거
지? 그래, 두고 보자고. 나를 이곳에 가두고 잘사나
두고 봐! 다 없애 버릴 거야. 나가기만 해 봐, 나가기
만 하면······!

할 수 있는 온갖 고문을 상상으로 그려 대며 성정이
더욱 사나워졌다. 한껏 분풀이를 심상으로 한 뒤 절벽
에 있는 혈신술을 익혔다. 그러기를 무한히 반복했다.
흐르는 시간만큼 우르탈 역시 쇼켄을 잠식했다.

그리고 정신을 지배하는 하나의 감정이 됨과 동시에
우르탈은 마인들이 심어둔 다섯 마령을 사냥해서 먹어
버렸다. 그 순간 쇼켄은 끓어오르는 힘에 폭주했다.

이성은 온데간데없어지고 용솟음치는 힘과 육신으

로 모든 것을 파괴하였다.

'그야말로 괴력난신(怪力亂神)이다.'

콸콸 흐르는 피를 통해 강화된 육신이 가로막는 것을 분쇄했고 자신의 몸 위로 붉은 그림자의 거인이 어리더니 실체화됐다.

마인들이 남긴 비석과 나무에 새겨진 극의가 가장 먼저 부서졌다. 몸을 날려 계곡을 후려쳤고 악인들의 심득도 가루가 되었다. 그런데 탈출구는 어디에도 보이지 않았다. 나가는 문이 존재하지 않았다.

사방을 뛰어다녔다. 나중엔 계곡의 작은 동굴에 있나 싶어 박치기하기까지 했다.

그때 악인곡 전체가 붕괴하며 쇼켄의 몸을 짓이겼다. 이성이 있었다면 위로 뛰고 돌을 쳐 냈을 테지만 분노에 집어삼켜진 쇼켄은 정면의 벽을 부수며 점차 파고들기만 했다.

그리고 정신을 차렸을 땐 이미 늦은 상태였다.

—안 돼!

위기 탓에 정신을 차렸을 무렵에는 이미 몸이 꽉 눌려서 옴짝달싹도 못하는 시점이었다. 우르탈의 강건한 몸은 부서지지 않았다.

하지만 무지막지한 흙과 바위를 들어 올리는 건 불가능했다.

더 분노해서 처음과 같은 거대한 힘을 썼으면 가능할 거 같았다. 하지만 이는 다섯의 마령을 삼키며 생긴 일시적인 폭발력일 따름이다. 이제 그 힘을 토대로 갈무리하고 분노를 주축으로 다룰 줄 알아야 했다.

그러나 우르탈을 쓰는 방법은 악인곡 어디에도 없었다. 다섯 마령을 흡수하며 변질한 순도가 높아진 분노이니 더욱 쇼켄이 다루지 못했다.

마령에 집중하고 감정을 격앙시킬라치면 이성이 싹 사라지며 파묻힌 상태로 몸을 허우적거리는 본능적인 행동만 한 탓이었다. 분노라는 특성 탓에 극의는 커녕 익숙해지는 것조차 불가능했다.

―이렇게 끝낼 순 없어.

숨이 점점 막혀 왔다. 두 눈에서 피눈물이 흘렀다. 차분하게 수련하고 다른 혈신술을 통해서 연구하면 방법을 찾을 수 있었을 테지만, 보조 교재로 쓸 수 있는 모든 지식이 매몰된 상황이다. 모든 것이 최악이었다.

결국, 극도의 절망이 쇼켄의 정신을 완전히 붕괴시켰다. 이따금 간헐적으로 몸이 확장되며 돌무더기가 들썩이는 것이 고작이었다. 그나마도 한 달이 지나자 아예 멈추었다.

'이게 네 기억이군.'

마인들의 공동 전인이자 포부 당당했던 소년의 죽음이었다.

나는 육신을 벗어나서 악인곡의 위를 정처 없이 떠도는 쇼켄의 영혼을 낫으로 토막 낸 뒤 삼켰다. 극락왕생은 불가능할 테지만 소멸을 통해 고통 없는 안식을 얻을 수 있을 것이다.

다음으로 바위 아래에 내려가 쇼켄의 몸을 마주했다. 적잖게 감탄했다.

'이거야말로 진짜 괴물인데?'

놀라운 건 이런 상태임에도 몸은 죽지 않은 채라는 사실이었다. 시일이 지날수록 거대해졌던 몸이 조금씩 줄어들면서 쇼켄의 육신은 신진대사를 멈추지 않았다.

분노를 통해 구성한 자신의 몸을 자양분으로 삼으며 갉아먹고 더 작게 구축했다.

이런 식으로 반년을 버텼으니 생명력 하나만큼은 인정할 만했다.

같은 이치가 거듭 반복될 수 있다면 이론상으로는 한없이 줄어드는 채로 티끌만 한 상태까지도 버티는 것이 가능하지 않을까 했다.

그리고 저 미세한 감정 하나가 누군가에게 접촉한 뒤 다시금 재생의 기회를 노릴 것이다.

'내가 쓰기에 딱 좋다.'

나는 흔쾌히 육체를 차지하고는 분노의 마령 역시도 먹었다. 혈력이라는 힘의 파괴력이 극대화된 형태. 최상위의 힘이 무엇인지 제대로 깨닫는 순간이었다.

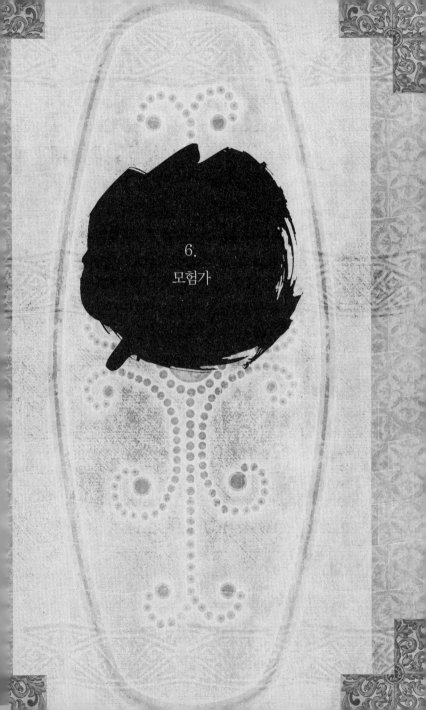

6.
모험가

　도전이라는 과제를 찾고 미지를 엿보려 하는 이때, 흥분감과 함께 떠오른 것은 안전 확보였다. 역시 내 본질은 소시민이며 극적이고 위대한 무언가를 추구하는 것과는 연관이 없었다.

　적당한 흥분과 긴장감이면 충분한, 안전제일주의다.

　'사전 조사조차 않을 순 없지.'

　본래의 내 캐릭터를 사용하지 않고 대체 아바타를 찾은 이유는 만에 하나를 대비한 거였다.

　제임스와 달리 쇼켄은 혹 잡힌다 해도 현실의 나와

직결되지 않는다. 일차 더미와 같은 역할을 하는 셈이
었다.

가슴 뛰고 졸이는 도전은 원하지만, 실수 한 번에
목숨을 잃는 절박함까지는 거절하고 싶다.

실로 속물적인 아이디어지만 내 본바탕이 소시민인
데 어쩌랴. 인정할 따름이다.

나는 쇼켄의 몸에 적응하는 데 주력했다. 바위에 짓
눌리고 어떻게든 버텨온 상태인 만큼 가장 크게 느껴
진 감각은 통각이었다.

살아 있다는 증거이기도 한 통증을 벗 삼아 심신의
회복을 도모했다.

광기에 휘둘렸을지언정 티끌만큼의 티도 없는 완전
무결한 육신이었다.

덕분에 숨법으로 일군 생명력이 무사히 사지말단에
이르기까지 몸을 단번에 다독였다.

여기서 익숙한 방식대로 운용하면 무공을 위한 내공
이나 환혼력을 신체 내부에 축조할 수 있었다.

'하지만 그러기엔 광기가 아쉽단 말이야.'

분노의 마령인 우르탈은 굉장히 낯익은 힘이었다.

다름 아닌 내 다리에 새겨진 펠마돈의 괴수와 비슷한 향기가 맡아지는 까닭이다.

완성도에서는 한참 뒤떨어지지만, 분명히 동류의 힘이었다.

내 무력에 태반을 차지하는 법력의 주체이지만 사실 통제할 수 없는 힘이기도 했다.

펠마돈의 괴수에 익숙해지는 예행 연습으로 분노의 우르탈은 딱 좋은 수준이라 하겠다.

나는 마력 응집 스킬에 힘입어 쇼켄의 기억을 투영했다.

복수와 억압된 고통을 끌어 올리는 채로 거인화 된 쇼켄의 이미지를 투영했다.

시야가 푸줏간의 등처럼 붉어지더니 몸을 꽉 누르는 바위 더미가 거슬렸다.

몸부림치며 용을 쓰니 이내 들썩이는 틈새로 공기가 들어왔다.

힘차게 두 손을 뻗고 헤엄치듯 긁어 대며 몸을 움직였다.

뒤이어 고개를 쳐올리자 붉고 어둑어둑하기만 하던

시야가 확 트였다. 악인곡 바깥이었다. 발을 내디뎌 한 걸음 움직였다.

일찍이 에일락 반테스가 한참 걸어서 움직였을 법한 거리가 단번에 줄어들었다.

'큰 게 여러모로 좋구나.'

바위가 조약돌 같았고 나무는 잔디처럼 보였다. 우월감이 치솟았다.

그 상태로 두리번거리며 크게 소리 질렀다. 왁 하는 소리가 우렁우렁하게 퍼지며 스킬을 펼친 듯 충격파마저 일었다.

그야말로 막대한 피지컬의 위력이었다.

"큰 건 정말로 좋다."

지극히 마초적인 생각이었지만 이 흥분에 더 취하지는 않았다.

나는 몸을 축소한 뒤 비밀의 시선으로 출구의 문을 열었다.

쇼켄이 발버둥치며 일으킨 사고 탓일까, 무녀들의 누각은 온데간데없었고 지형 역시도 크게 바뀐 상태였다.

나는 에일락 반테스가 만든 얼음 계곡에서 몸을 씻은 뒤 적당히 입을 것을 찾았다. 계속 알몸으로 다녀서 좋을 게 없다.

'라홀 일족이 남긴 물건들이 조금은 있겠지.'

태양왕 샨과 함께 란티놀 제국을 공격하는 이들이 있는 반면, 온건파는 다른 곳으로 피신했다고 들었다.

가만있었다간 제국의 보복을 당할 테고 그러자면 이 삿짐을 부리나케 쌌을 것으로 추측됐다.

귀중품은 몰라도 옷가지 정도는 너끈히 남아 있을 것이다.

셋레인에 들러 옷을 갖추기로 하고 정 곤란하면 북극의 짐승 하나를 잡아서 가죽을 벗길 요량으로 걸음을 재촉했다. 그리고 그곳에서 제국의 기사들을 만났다.

"역시 이런 놈들이 있을 줄 알았지. 당장 끌고 간다."

"헐벗은 꼬락서니가 과연 반테스의 가축답구나. 애라고 봐줄 필요 없다."

"이봐, 평범한 꼬맹이 같으면 이 날씨에 저런 모습

으로 있을 수가 없잖나. 방심하지 말라고."

낙오됐거나 라홀 일족을 추격하기 위한 감시조인 듯싶었다.

매직 아머와 총기로 무장한 제국 특무대였다. 말로 해결할 수 있을까, 싶어 우선 이야기했다.

"싸우고 싶지 않습니다. 옷만 찾으러 왔을 뿐이거든요. 여행하는 데 이렇게 알몸으로 다닐 순 없으니까요."

"아이고, 그러세요? 옷 주고 다 해 줄 테니까 아저씨들이랑 어디 좀 가자. 네 가족이 어디에 있는지도 좀 궁금하고 그렇거든."

"후회할 텐데요?"

"어쭈? 지금 협박하는 거냐?"

그쯤 감각으로 나무와 눈밭에 잘 동화되어 있던 형체가 뒤편에서 움직였다.

전면에서 이죽거리는 이들과 달리 공격은 뒤쪽에서부터 이루어졌다.

문신술이 활성화되더니만 짐승 울부짖는 소리와 함께 제법 매서운 힘이 날아들었다.

대번에 분노의 힘을 활성화하여 완력을 강화했다.

불끈 힘을 주며 후려치자 뒤편 특무대원의 매직 아머가 박살 났다.

충격에 배트에 맞은 공처럼 텅텅 튕겨 나가자 저들이 마탄총을 장전하며 내게 총구를 겨누었다.

"이건 뭐야? 또 신종 몬스터였나?"

"또 모르지, 새로운 키메라일지도. 가능하다면 생포하도록 하자."

총성이 울리자 반사적으로 몸을 틀었다.

탄환이 어깨에 명중했는데 파괴력이 실로 예상 밖이었다. 대번에 살과 뼈가 박살 나며 너덜너덜해진 것이다.

과연, 근접한 상태에서의 소총은 위력이 대단했다.

'육체의 내구도가 생각보다 형편없어. 혈력을 항시 운용해야겠구나.'

분노의 힘을 쓸 때와 그렇지 않을 때의 차이는 일반인과 능력자만큼 컸다.

딱 공격할 때만 운용하는 게 아니라 상시 운용하는 방식으로 하는 편이 나았다.

당장 적용하여 팔을 재생하는 한편 신체 내구도를 높였다.

쇼켄의 몸 활용법을 새로이 발견했을 무렵, 기울어진 내 몸을 향해 양손에 짧은 반월검을 든 대원이 순식간에 파고들었다.

급속한 이동 이후 돌연 시야에서 사라졌다. 지나치게 몸을 낮추고 기동한 탓에 놓친 것이었다. 그가 거머쥔 두 자루의 칼날과 신발이 번뜩였다.

"[가속], [분신]!"

왼쪽 늑골 아래부터 올려치는 일격이 바람을 가르며 날아들었다.

이를 육체를 강화하여 막노라니 반월검은 달리 움직였다.

오른쪽 아래를 쓸며 대동맥의 자리를 번뜩이는 뇌전이 훑은 것이다.

'뱀 같은데.'

작은 내 몸을 중심으로 사방에서 다양한 검로를 그리는 이였다.

사타구니를 올려치는가 싶던 동선은 쭉 타고 올라가

오른쪽 관자놀이를 송곳처럼 파고들었다.

잔영이 으스러졌다가 다시 붙었다. 참으로 끈질기기가 거머리보다 더했다.

힘줄을 자르고 혈관에서 픽픽 핏줄기가 솟구쳤다. 그동안 내 대응은 간발의 차이로 늦게 나타났다.

내 본래의 스킬을 쓰기보다는 쇼켄이 습득한 라홀 일족의 기술로 대응하려고 했는데 한 가지 오류가 있었던 탓이다.

'불편하다.'

쇼켄은 놀라운 자질로 분명히 악인곡의 비기들을 모두 습득했다. 극의를 제외한 전부에 가까운 수준이었다.

그러나 이를 반사적으로 쓸 만큼 몸에 숙달시키지는 못한 상태였다. 그 탓에 실전 전투에서 미세하게 반응이 더뎠다.

'그럼 단순한 걸로 가야지.'

기술적 완성도에서 철저하게 밀리는 상황이니 쉽게 가기로 했다.

피를 몸에서 빨리 돌리며 신진대사를 증폭시켰다.

일차로 신장을 확대하며 육신의 반응속도를 늘렸다.

신경 가속의 1단계는 사고력의 증가다. 뇌의 혈류가 폭발할 듯 흘렀다.

기민하고 분신까지 만들던 적의 몸놀림이 느린 동작처럼 모두 시야에 들어왔다.

동선을 간파하고 제국 특무대원의 손목을 낚아챈 뒤 땅에 냅다 꽂았다.

땅에 충돌함과 동시에 억센 힘 탓일까, 그의 겨드랑이가 찢어지며 피가 사방에 흩뿌려졌다. 이를 보자 저들의 눈빛이 달라졌다.

"포획 포기. 사살한다."

전면에 나선 이가 엄지를 추켜올린 뒤 아래로 돌렸다. 곧 먹먹한 느낌과 더불어 부지불식간에 내 고개가 부러질 듯 뒤로 꺾였다.

그대로 자빠진 상태로 재빨리 몸을 굴렸다. 바닥이 푹푹 패이며 옆구리 살이 뜯겼다.

저격이었다. 에일락 반테스의 기억으로 본 것과 직접 마주한 마탄총은 사뭇 느낌이 달랐다.

검과 활이 아닌 총이라는 무기가 내 행동반경을 꿩

장히 위축시켰다.

'이거 내가 끼어든다고 해도 화력 병기 때문에 맥을 못 출 수도 있겠는데?'

대륙의 전쟁에 참여하는 것도 매우 흥미로울 법했다. 하지만 지금 나의 목적은 하늘 산 너머의 세계다.

여기서 드잡이질을 하는 것보단 속히 빠져나오는 편이 옳았다.

"도발은 당신들이 한 겁니다."

분노의 감정을 극대화하며 거인화 된 쇼켄을 심상 투영했다.

피부가 뻘겋게 달아오르더니 두 눈마저 시뻘게져 피눈물이 흘렀다.

이를 본 적들이 뒤도 돌아보지 않고 흩어져서 퇴각했다.

이들을 지키기 위한 시선 끌기로 저격수만이 계속 내 귀와 눈, 생식기 같은 곳을 거듭 공격할 따름이었다.

그 도발은 매우 성공적이었다.

'정말 신경 쓰이는군.'

남자로서의 본능 탓인지 저 녀석만큼은 꼭 한 방 먹이고 싶었다. 탄도를 훑자 과거 검탑이 있었던 자리에 뾰쪽하게 솟은 건물 골조가 다시금 보였다.

라홀 일족만 없을 뿐 셋레인의 다른 시가지는 여전했는데 제국 특무대원들은 자신들만의 검탑을 다시 세운 모양이었다.

언제고 이들을 다시 지배하겠노라는 다짐 같았다.

굳이 달려갈 필요가 없었다. 근처에 상가 건물을 껴안고는 그대로 뽑아 올렸다. 다음은 정조준한 뒤 검탑에 투척했다.

매섭게 날아든 건물은 그대로 충돌하여 검탑을 무너뜨렸다.

와르르 무너지는 건축물을 보며 뿌듯함에 포효했다. 이후 방해꾼들을 처리한 나는 하늘 산으로 향했다.

천부의 일족을 만나는 과정은 구름과 바람의 륜을 찾는 것부터였다. 본래라면 사원을 오르고 시험을 통과하는 일이 필요했지만 에일락 반테스에게 사원을 포함한 산봉우리 자체가 없어지다시피 했던 터라 정식

절차는 밟지 못했다.

대신 에일락 반테스가 은밀히 숨겨 둔 장소에 가서 두 개의 륜을 가뿐하게 챙겼을 따름이다. 그리고 나타난 륜들은 생각보다 작은 모습이었다.

사원이 사라지며 그들의 힘 역시 대폭 축소된 것으로 보였다.

—우리가 힘을 주겠다. 대신 부정한 존재를 죽여라. 그는 사원을 무너뜨리고 우리를 욕보인 자다.

—구름과 바람의 권능을 모두 가진다면 이룰 수 있다. 모두 주마. 대신 그를 무릎 꿇려라.

이들은 힘과 지혜의 시험 대신 다른 요구를 했다. 쇼켄에게 더할 나위 없이 익숙한 그 단어는 바로 복수였다.

"당신들조차 상대하지 못한 이를 나보고 어떻게 상대하라는 겁니까? 못합니다. 직접 하세요."

—싸우지 않아도 좋다. 최후 수단으론 세상을 바다로 만들어 모든 것을 수몰시키면 된다. 구름과 바람의 힘이란 그런 것이니까.

—우리의 힘을 한 몸에 아우를 수 있다는 것은 더없

는 영광이다. 자, 어서 받아들이거라.

"나는 저편 세계가 궁금해서 온 것일 뿐입니다. 사원을 보수하고 다시 지으라면 그리하지요. 당신들에게 어울리는 다른 이가 오른다면 그에게 부탁하십시오."

─어리석은 놈 같으니. 천운이 닿았음에도 이를 외면하는구나.

─우리의 힘은 아무나 감당할 수 없다. 너만 한 그릇은 흔치 않단 말이다.

에일락 반테스에게 당한 게 어지간히도 분했던 모양이었다.

나는 알겠노라고 대꾸한 뒤 저들에게 주입하던 마력을 끊었다.

점멸하던 등이 꺼진 것처럼 두 개의 룬이 어둡게 변모했다.

'확 먹어 버릴까?'

빙의나 다를 바 없는 현재의 접속은 융켈의 힘이다. 여기에 내 캐릭터를 덧씌우는 작업이 일그러진 룬의 효과였다.

지금의 나는 안전제일주의로써 쇼켄의 능력에 최소

한의 스킬만 더하는 방식으로 버티고 있는 상태다.

인벤토리나 륜의 흡수 같은 다른 일은 쇼켄의 몸으론 쓰지 않을 요량이니 나중에 꼭, 제임스로 여기를 다시 오기로 했다.

그때 이 두 개의 륜을 사탕 먹듯이 깨물어서 먹어버릴 생각이었다.

'하는 수 없지, 에일락 반테스처럼 오를밖에.'

양손에 쥔 채 차분히 공간의 틈새를 찾았다. 이후 륜이 공명하는 위치를 찾으니 텅 빈 하늘이 물속처럼 느껴졌다.

은유가 아니라 실제로 하늘 바다라는 말처럼 새로운 지점이었다.

호흡을 참고 재빨리 수면으로 부상하고자 했다. 그때 사브나크가 마력을 주입하지도 않았는데 의사를 전달해 왔다.

─이것은 그때 그놈이 썼던 능력이구나! 고얀 놈, 감히 우리를 속이려 들어?

자체의 힘을 끌어다 썼는지 보석에 금이 쩍쩍 가며 단말마와 같은 옅은 빛을 뿜었다.

─너는 절대로 하늘에 오르지 못할 것이다.

그 말이 끝나기도 전에 시야가 확 반전되며 높은 곳에 열린 비좁은 문이 쾅하며 닫혔다.

뒤이어 에일락 반테스와 실란이 경험했던 심해로 풍경이 바뀌었다. 해양 언데드들이 나를 보고 흉포하게 달려들 무렵, 스탐바르도 말했다.

─원하는 바를 결단코 이루지 못하리라.

그 역시도 부서져 내렸다. 이윽고 갑작스레 생겨난 통로가 옆에서 나를 확 끌어당겼다.

손쓸 도리도 없이 수챗구멍에 빨려 들어가듯 심해의 물과 함께 휩쓸렸다. 나를 삼키려던 괴물들 역시 함께였다.

시계(視界)가 일그러지더니 몸이 마른걸레를 쥐어짜듯 비틀렸다가 풍선에 팽팽하게 바람을 넣듯이 부풀었다.

상하가 역전되고 좌우 역시 반전하더니 종국에는 칠채색의 광채가 몸을 투과했다.

몸이 젤리처럼 물렁물렁하고 유색 투명한 상태로 바뀌었다. 팔과 다리는 움직이는 대신 연체동물처럼 출렁이며 흔들렸다.

그 순간 깨달았다. 세계의 경계를 넘으며 그 세계에 맞게 아예 다른 형태로 변모했다는 사실이었다.

'동기화를 안 하기를 정말 잘했구나.'

new century에 접속할 때, 뮤테르의 빛이 침입자를 요격했듯이 이 세계에서는 다른 차원의 존재를 비(非) 물질화하여 정령체로 만들어 버렸다.

나뿐만이 아니라 같이 떨어져 내리던 해양 언데드들도 같은 상태로 꾸물꾸물거릴 따름이었다.

색깔의 차이는 있었다. 저것들이 회색이고 나는 붉은색이라는 정도였다.

그때 비로소 시야가 확 밝아지며 주위 경관이 인식됐다.

이곳은 황금빛 태양이 떠오르며 머나먼 수평선을 금빛으로 물들이는 대양(大洋)이었다.

아스라이 햇빛에 자신의 자리를 물려주는 둥근 달이 보였다.

총총히 박힌 생소한 별자리 사이에 세 개의 달이 있었다.

바라보는 시각에 따라 휘영청 뜬 달은 푸른 만월에다 홍옥빛 초승달과 새카만 상현달의 모습이다. 정말 다른 세상이었다.

하늘 여기저기에는 금 간 유리창처럼 균열이 듬성듬성 있었는데 내가 떨어진 곳 역시 이 중 하나였다. 큰 돛을 단 범선이 다니는 것으로 보면 대항해 시대가 떠올랐다.

'근대 이전쯤으로 보면 되려나?'

문명 수준을 가늠하였는데 생각 밖의 모습이 보였다.

선원이 하늘에서 폭포수처럼 쏟아지는 내 방향을 보며 크게 소리치는데 정확하게는 바다 쪽이었다.

아래를 보자 웬 괴물이 입을 크게 벌리고 우리가 떨어지기만을 기다리고 있었다.

생긴 모습은 아귀인데, 덩치는 향유고래 급이다.

토롱처럼 꿈틀거리는 수염 다발의 거대 괴물이었다. 나는 몸을 움직여서 어떻게든 벗어나려고 했다. 그러나 이 젤리 형태의 몸은 해조류처럼 그대로 출렁일 뿐이었다.

마력, 기력, 혈력 그 어느 것도 반응하지 않았다. 분노로 몸이라도 키워 보려고 했는데 거대화를 꾀하려는 찰나, 거대해진 내 몸은 그 크기 그대로 다리 젤리 형태로 바뀌었다.

이래서야 제아무리 키워도 씹고 먹기 좋은 먹잇감일 따름이다.

'뭣도 못해 보고 바로 괴물 뱃속에 들어가겠구나.'

학교 운동장 크기의 입이 벌어지며 아귀 괴물이 쏟아지는 물과 해양 언데드들을 통째로 집어삼켰다.

나 역시 텁텁하고 퀴퀴한 냄새에다가 용수철처럼 덮쳐 오는 혓바닥에 휘말려 쭉 빨려 들어갔다.

그 순간 범선 크기의 거대 거북들이 출몰했다. 6미터의 거인이 걸쭉한 욕설을 내뱉으며 작살을 던지고 타고 있던 거대 거북이 입을 쩍 벌렸다.

곧 바닷물이 응어리지더니 포탄처럼 날아갔다.

완력으로 던진 작살이 추진력을 받은 로켓처럼 해수면을 가르며 쇄도했다.

물 포탄 역시 번쩍 번쩍이는 빛을 잔상처럼 남겼다. 이들은 각기 아귀 괴물의 혀를 자르고 볼을 관통하며 입속에 들어간 것들을 바깥으로 토해 내게 하였다.

철근을 꼬아서 만든 듯한 수염들이 채찍처럼 움직였다.

몸을 뒤흔들며 필사적으로 발악하는데 그럴 때마다 거북을 탄 거인들이 사슬 달린 작살을 던지고 때론 수염을 잡아 완력으로 뽑으며 사냥했다.

'사냥하는 사자와 불로소득을 노리는 하이에나쯤 되는 건가?'

파도가 일며 바다가 연신 요동쳤다. 그리고 그즈음 저편에서 맴돌며 이를 지켜보던 범선은 살금살금 거리를 벌리더니 해조류처럼 떠도는 나와 해양 언데드들에게 다가왔다.

그리곤 에메랄드빛의 낚싯대를 꺼내 들더니 힘차게 캐스팅해서는 젤리 형태의 해양 언데드들을 낚아 올렸다.

바늘 대신 작은 액자 틀과 같은 것이 있었는데 탁 몸에 닿자마자 진공청소기처럼 쭉 빨아들였다.

'카드? 봉인인가?'

싹 빨아들인 뒤 네모난 틀 안에는 입을 한껏 크게

벌리고 몸부림치는 해양 언데드가 정교하게 새겨졌다.

흡사 그 모습이 자원을 채취하거나 야생의 동물을 생포하는 모습 같았다.

해양 괴수에게 먹혀도 문제, 저 낚싯대에 걸려도 낭패였다. 어찌하나 싶어서 고민하는 그때, 여지없이 내게도 낚싯대가 겨누어졌다.

뒤이어 에메랄드빛의 틀이 어깨에 닿자 전류에 감전된 듯 쩌릿쩌릿한 느낌이 몸을 휘감았다.

기분이 나빠서 힘을 주자 몸에 접촉한 틀부터 낚싯줄과 대까지 연거푸 와장창 부서졌다.

그 순간 선원이 왈칵 피를 토하며 고꾸라졌다. 저항에 성공하면 충격이 상대방에게도 전가되는 듯했다.

"우와아!"

환호성이 일었다. 앞다투어 뭐라고 떠드는데 고요의 정신 스킬이 언어 해석을 하지 못하고 있었다.

분노의 힘으로 몸을 키울 수는 있지만 스킬의 사용은 제한된 걸 보면, 펠마돈이랄 수 있는 자신의 고유 스킬만 사용해야 하는 제약이 있는 듯싶었다.

'본체로 왔다면 여러모로 곤란했겠어. 일그러진 룬

이 얼마만큼 감당해 줬을는지 가늠이 되지 않는군.'

동료가 실신했는데도 다른 선원들이 기뻐하며 연거
푸 캐스팅했다.

해조류처럼 물살에 흘러 다닐 뿐인 몸으로 저것들을
어찌 피하겠는가.

몸에 닿으며 저릿저릿한 느낌을 계속 받을 따름이었
다.

뒤이어 동시다발적으로 저들이 가슴을 부여잡고 하
나같이 피를 게워 냈다. 졸지에 낚싯대가 열 개 넘게
부서졌다.

이제는 환호성 대신 눈을 희번덕거리며 짙은 욕망까
지 보였다.

그때 소란을 듣고 나온 선장이 버럭 소리치고는 루
비와 다이아몬드로 장식된 휘황찬란한 낚싯대로 내게
캐스팅했다.

지금까지와는 다른 파공성까지 내며 작살처럼 날아
든 그것이 내 심장에 정확하게 박혔다.

'짜릿하긴 한데 못 버틸 정도는 아니야.'

팽팽하게 힘겨루기를 하긴 했지만 감당 못할 정도는

아니었다. 한편으론 지금 이게 무슨 꼬락서니인가도 싶었다.

상황 자체가 짜증이 나서 와락 이 역시도 튕겨 내려고 했다.

그런데 불현듯 해수면 아래에서의 움직임이 느껴졌다. 늘어진 내 발을 꽉 물고 뜯어먹으려는 해양 괴물이 있는 거였다.

잡아먹힌다면 어떻게 될까. 음식처럼 소화돼서 끝나는 건지, 아니면 다른 형태로 생존하는지 모르겠다.

말도 안 되는 상상일지라도 새로운 세계이니만큼 가능성은 열어 두어도 좋았다.

'그래도 저쪽보단 말이 통하는 이쪽이 낫겠지? 인간형이니까 얼추 짐작할 수도 있을 테고.'

저항하려던 힘을 풀었다. 그리고 루비와 다이아몬드로 장식된 카드로 빨려 들어갔다.

시야가 캄캄해지고 한 점의 빛도 없는 좁은 감옥 같았다.

대신 차갑거나 습하지 않다는 정도만 감옥과 다를 따름이다.

비밀의 시선을 써도 틈새란 보이지가 않았다. 역시나 스킬 사용에 심각한 제약이 있었다.

아무래도 바깥에서 꺼내 주지 않는 한, 나갈 수 없는 것이 법칙인 듯했는데 단점만 있는 건 아니었다.

저들의 대화가 자동번역기라도 돌린 것처럼 이해된 덕분이었다.

목소리가 마치 나팔을 귓가에 대고 부르는 것처럼 매우 크긴 했지만 말이다.

"자, 빨리 노를 저어라. 드라콘들이 눈치채기 전에 잽싸게 튀어야지."

"선장님, 큰 건 낚으셨는데 저희 몫도 있는 거 맞지요?"

"방금 물어본 녀석은 당장 이마 박아! 등급이 나와 봐야 알지! 아직 나오지도 않은 걸 갖고 뭘 나누고 자시고야? 부정 탄다, 이 새끼야."

걸걸한 목소리에 이어 왁자지껄하게 등을 퍽퍽 내려치는 소리도 들렸다.

"뭐, 그래도 꽤 저항한 거 보면 이번 씰은 십중팔구는 등급이 높겠지? 희귀 직업에 랭크만 높으면 보너스 200% 쏴 주마."

"우와아!"

"그러니까 빨리 노나 저어! 젠장, 드라콘들이 눈치
챘잖아!"

"제길. 칼라이 놈들은 왜 스텔스 기능을 이깟 나무
에만 처바르는 건지 원. 엔진 좀 돌리면 얼마나 편하
고 좋아. 시대가 어느 땐데 아직도 노나 저어야 한다
니."

"닥치고 빨리빨리 젓기나 해!"

일갈한 그가 바쁘게 선원들을 지휘했다. 한참 철썩
거리는 파도 소리에 일치단결한 기합을 지속했다. 그
러기를 얼마쯤 했을까.

소란이 잠잠해졌을 무렵 선장이 허겁지겁 올라갔다.

"선장님, 근데 아까 그 씰은 전처리 작업을 했던가
요?"

"아뿔싸. 망할 괴물 때문에 깜빡했다."

"얼른 하십쇼! 등급 떨어지면 어찌합니까? 좁은 데
갇혀서 제 살 물어뜯고 미쳐 버리면 상품성이 확 떨어
진다고요!"

포획한 어류 다루듯 하는 말에 실소가 절로 나왔다. 하긴, 꽤 난폭했던 해양 언데드라면 이 캄캄한 곳에서 마구 몸부림치고 날뛰었을 수 있겠다.

목소리도 크기는 엄청나게 커서 스트레스를 받는 상황이니까.

"닥쳐, 이 새끼들아. 하여간 풀어 줬더니 건방지기만 해져서 말이야. 어디 하늘 같은 선장님한테 엉기고 있어? 아무리 경력 20년 차라서 가족 같이 여겨 준다지만 엄연히……."

"아오! 형님, 제발 말 좀 그만하쇼."

"얼른 뛰기나 합시다! 나오실 때까지 이마 박고 있으리다. 귀항은 골든 리버지로 알아서 하겠수다."

"이런 시러벌 새끼들."

퉁탕퉁탕거리는 달음박질에 이어 상자를 연 뒤 부리나케 무언가를 찾는 소리가 들렸다. 잡다한 것들을 내동댕이치더니 갑자기 빛이 번뜩였다.

"개방!"

짙은 어둠 속에서 하늘이 열린 것 같은 놀라운 비주얼처럼 천장에 네모난 구멍이 열렸다.

몸을 일으켜서 출구에 손을 짚었다. 끌어당겨서 몸을 올리자 항해용 지도와 박제해 놓은 괴수의 머리가 보였다.

털이 북슬북슬하게 난 거대한 인간이 한 손에는 망치를, 다른 손에는 투명한 액체가 담긴 플라스크를 들고 있었다.

그가 크다기보다는 내가 작아진 탓에 그리 보이는 듯싶었다.

"좋아, 흥분 상태는 아니구나. 손실률은 그다지 없어 보이는군."

재빨리 플라스크를 기울였다.

쪼르르 따라진 액체는 내 몸을 적시며 캄캄한 공간을 타고 흘렀는데 그러자 촉각이 생기고 젤리 같았던 몸에 탄력이 생겼다.

아울러 좁았던 감옥이 전후좌우로 넓어졌다. 확장공사를 한 것 같았다.

위에 올라가서 넓은 책상 위를 움직였다. 마치 거인국에 온 소인이 된 기분이었다.

만년필조차 나보다 몇 배는 거대했는데 묘한 것은

내가 카드를 다섯 발자국 이상 벗어날 때마다 긴긴 수갑과 사슬이 생긴다는 사실이었다.

"인간 형태에, 속성은 불이고, 특성은 거대화? 그러면 좀 더 크게 해야겠는데."

플라스크의 액체를 더 많이 붓고 아래엔 모래알과도 같은 루비를 깔았다.

한여름 햇살에 뜨겁게 달궈진 모래알처럼 강한 열기를 품은 보석 알갱이였다.

나는 씰이 무엇이고 지금 이 상황이 뭔지 그 여부를 물어보려고 했다.

그러나 언어가 해석되는 것과는 반대로 말을 할 수는 없는 상태였다.

정확하게는 움직이다가 말을 하라손 치면 몸이 다리젤리처럼 바뀌었다.

바뀐 몸은 처음의 감옥 같은 카드 속으로 들어가면 원상복귀 되었다.

"갑갑하지? 답답하고. 어쩌겠어, 이계에서 아무리 한 가닥 하던 것들이라고 해도 씰이 되면 빌빌대는데 말이야. 그 상태가 싫으면 계약만 맺으면 돼. 주인만 잘 만나면 아주 평생 편안하게 살 수 있지."

"씰이……?"

감옥 안에서도 한 단어를 내뱉기 무섭게 몸이 축 늘어졌다.

허물어져서는 바닥을 해초처럼 다시금 돌아다녔는데 실로 내 상태가 스스로 생각하기에도 정말 가관이었다.

"좋아. 이성이 있고 대화도 가능하면 웃돈이 제대로 붙지. 그럼 고이 잘 지내라고."

선장의 말과 함께 위쪽 천장으로 자물쇠가 달린 상자가 비쳤다.

그는 내가 들어 있는 카드를 그 안에 두고는 '패쇄!' 라고 말했다. 뒤이어 닫고 단단히 잠갔다.

헛헛한 웃음이 저절로 나왔다.

'나 이거야 원. 이쪽은 이계의 존재를 소환물로 다루나 보군.'

요격해서 없애 버리는 뮤테르와 달리 이 세계의 법칙은 굉장히 불평등한 계약의 구조로 보였다.

정황상 이쪽 세상은 다른 세계의 존재가 떨어지고

이를 포획하는 일이 일상화된 곳 같았다.

추측하건대 저 카드가 어떤 역할을 하는지, 또 어떤 주인을 만나느냐에 따라 쇼켄으로 하는 이 세계에서의 여정이 매우 달라질 것이다.

딱히 노예화됐다기보다는 본래 이계의 존재가 다뤄지는 방식이 이런 모양새였다.

'좌우지간 현 상태로는 그저 기다리는 방법뿐이 없겠어.'

누구에게 어떻게 팔릴지, 또 어떤 세상이 나타날지는 다음 접속 때를 기약하기로 했다.

한참 버티며 변화가 나타나기를 기다리던 나는 쇼켄과의 접속을 마치기로 했다.

그렇게 영체화되어 위로 떠올랐을 즈음 새로운 정경이 보였다. 저들이 골든 리버지라고 한 항구에 도착한 까닭이다.

섬의 정중앙에 거대한 나무가 있었다. 루두무라스를 연상케 하듯 압도적으로 우뚝 선 고목이다.

하지만 이내 그 차이를 느꼈다. 천공수의 느낌이 침엽수라면 저 나무는 활엽수였다.

잎이 넓고 수 킬로미터 바깥의 내게로 온화한 기류를 전해 주었다.

북풍한설이 아닌 따뜻한 남풍이다. 형태 역시 탑이라기보다는 넓은 우산 같았다.

무성한 잎으로 새들이 오가고 햇살이 아름답게 반짝였다.

그리고 그 훈풍이 섬 전체를 다독였다.

'아까 본 건 분명히 범선에 불과했는데?'

나무 아래에 자리한 항구도시의 정경은 현실보다 더욱 첨단을 달렸다.

매끈하게 쭉 뻗은 도로에 우윳빛 빛깔을 보이는 곡면형의 건물이 있다. 합금이 분명한 첨단 소재로 지어진 건축물.

주인 없는 차량은 정해진 신호에 따라 달리다 멈췄다.

그런가 하면 건축물들은 가까이서 보면 집이지만 멀리서 보면 팔과 다리가 있는 거대한 인간 형태였다.

예술적으로 지은 걸까?

의심도 해 봤지만 누운 몸과 포신처럼 달린 장식물

들의 위치가 너무 사실감 있다.

그런데 다니는 이들은 또 기상천외했다.

소수의 곤충형 인간에다 다수의 파충류 종들. 무엇이라도 짐승을 하나씩은 대동하고 있는 제각각 덩치를 한 갑옷 차림의 인간들이었다. 불규칙적으로 이들에게 보이는 사슬도 눈에 확 들어왔다.

허리춤에 칼을 찬 이부터, 총을 찬 이까지 다양했다. 검을 찬 이들은 하나같이 이슬람식 베일인 히잡이나 니캅처럼 몸을 가리고 있었다.

문명이 여기저기 혼재된 형태라 참으로 알다가도 모를 풍경이었다. 그들에게 아까 내게 엉켜 있었던 사슬이 있었다.

'씰이다.'

가축처럼 부려진다기보다는 경호원이나 일꾼, 동료처럼 느껴졌다.

'여행하는 재미가 있겠어.'

항구에는 전자동 시스템이 구축되어 있는데 정작 다니는 이들은 바그다드를 연상케 한다니…… 유나에게 알려 주면 자신도 오겠다며 눈을 빛낼 게 불을 보듯 선했다. 이를 끝으로 나는 현실로 돌아왔다.

"이제 어떤 걸 중점적으로 해 볼까."

맛보기는 두루두루 했다. 남은 것은 하나씩 차분하
고 깊게 여행하는 일이었다.

1부 완결

스펙테이터

1판 1쇄 찍음 2015년 8월 13일
1판 1쇄 펴냄 2015년 8월 18일

지은이 | 약먹은인삼
펴낸이 | 정 필
펴낸곳 | 도서출판 **뿔미디어**

기획 · 편집 | 정서진, 윤영상

출판등록 | 2002년 9월 11일 (제1081-1-132호)
주소 | 경기도 부천시 원미구 소향로 17(두성프라자) 303호 (우)420-864
전화 | 032)651-6513 / 팩스 032)651-6094
E-mail | bbulmedia@hanmail.net
홈페이지 | http://bbulmedia.com

값 8,000원

ISBN 979-11-315-6709-8 04810
ISBN 979-11-315-0000-2 04810 (세트)